另一种飞翔

段华 / 著

湘潭大学出版社

图书在版编目（CIP）数据

另一种飞翔 / 段华著. -- 湘潭 : 湘潭大学出版社,
2021.7
ISBN 978-7-5687-0565-3

Ⅰ. ①另… Ⅱ. ①段… Ⅲ. ①报告文学一作品集一中
国一当代 Ⅳ. ① I25

中国版本图书馆 CIP 数据核字 (2021) 第 107604 号

另一种飞翔

LING YIZHONG FEIXIANG

段华 著

策　　划：蒋海文
责任编辑：尹筝筝
封面设计：李　平
出版发行：湘潭大学出版社
社　　址：湖南省湘潭大学工程训练大楼
电　　话：0731-58298960 0731-58298966（传真）
邮　　编：411105
网　　址：http://press.xtu.edu.cn/
印　　刷：长沙印通印刷有限公司
经　　销：湖南省新华书店
开　　本：710 mm×1000 mm 1/16
印　　张：15
字　　数：172 千字
版　　次：2021 年 7 月第 1 版
印　　次：2021 年 7 月第 1 次印刷
书　　号：ISBN 978-7-5687-0565-3
定　　价：39.00 元

目录 CONTENTS

序幕　惊心动魄的4.4秒

2016年4月27日，辽东湾海阔天空。这是一个令舰载机部队官兵兴奋不已的难得好天气！

嘹亮的军号引爆了漫天的晨曦，海军某舰载机部队一级飞行员张超，踩着军号的节奏奔赴训练机场。今天是他一年多前从南海舰队某航空作战部队选入舰载机航空兵部队的第九十个飞行日，他梦寐以求，向往已久的正式起降于我国第一艘航空母舰辽宁号的日子，已经近在咫尺。再有三个飞行日，剩下的训练任务就可全部完成。

今天，张超和他的战友们要飞三个架次，即平时训练难度加倍的低空和超低空训练。

张超沉着镇静，行云流水般地穿越白云碧浪，举重若轻地完成了前两个架次的飞行训练。他驾驶战鹰在碧海蓝天之间划出的弧线，书写着信仰的坚定和诗意的浪漫。

时近中午，海面上升起轻纱般的白雾，能见度已达不适应训练飞行员之值。第三架次飞行只好调整为陆基模拟着舰训练。

飞行员都懂得，航空母舰虽然体形宏大，堪称海洋之霸主，但在飞机上看，航母却成了一张在波峰浪谷若隐若现的邮票，或是一片在浩渺烟波中随波逐流的树叶。航母甲板上的跑道长度不及陆地跑道的十分之一，驾着舰载机准确无误地起降航母，被称作“刀尖上的舞蹈”。

“舞者”张超驾着被称作“飞鲨”的117号歼-15飞机连续5次成功着舰，辽东湾上空的云也渐渐向这方涌来，如一群群热心观战的观众，凝视着张超今天最后一次着舰的飞行。

现场全体首长和战友都在紧张而兴奋地期待着，因为只要张超第6次着舰成功，就标志着全天的飞行训练任务圆满完成。战友们都坚信这最后一次由数百次陆基模拟训练着舰，早已形成“肌肉记忆”的张超完成，那是铁板上钉钉的事！

12时59分10秒，着舰指挥官王亮目睹张超的战机沿着标准的下滑线流畅地下滑，他听见飞机带着有些震耳的呼啸，那是飞行员心中最美的中国旋律、强者之音！

后轮精准落地，前轮轻轻触地，一切都是那么规范、完美。前后轮结束了空中的赋闲，欢快地托起机身平稳地向前滑行，眨眼之间就将落地为安。

突然，王亮听见无线电耳麦中传来急促的告警：“电传故障，检查操纵故障信号……”王亮如五雷轰顶！天哪！电传故障可是舰载机最高等级故障！电传是飞机的神经中枢系统，目前，这仍是一种非人力所能抗拒的天灾！

12时59分11.6秒，刚才还驯服可人的战机突然变成一头性情暴戾的钢铁怪兽，昂头引体向空中扑去，机尾则硬生生地蹭在跑道地面，溅起束束灼人眼睛的火花。

危机没有征兆，突变就在一瞬间。作为战友们和首长公认的飞行尖子，张超绝对清楚特情处置规定，此刻他唯有立即跳伞方可确保自己的生命安全。

时间就是生命！怎么办？地面指挥塔台指挥员和着舰指挥官王亮同时厉声命令："跳伞！立即跳伞！"

地面上所有与张超朝夕相处生死相依的战友也跺着脚对天空大喊："张超，跳伞！跳伞！"

生死关头，时间仿佛凝固了，飞机垂直升空的镜头也仿佛定格了。张超面临人生一次重大选择，他舍弃了最佳跳伞生还的机会，用尽全身的力气将操纵杆一推到底，毅然决然，没有一丝一毫的犹豫和迟疑。他要把29岁的宝贵生命抵押给死神，为国家、为部队尽力抢救一架陷入虎口的歼－15战斗机！

他像一名赤手空拳的勇士，用尽全身力气去强按一头发狂的狮子暴躁地冲向天上的头。

59分16秒，桀骜不驯的机头还在上仰，巨大的速度惯性，使机身弹出地面。眼见操纵杆完全失灵，救机已成绝望，在耳麦中飞行指挥员徐爱萍的泣血持续催促下，张超才被迫拉动弹射手柄，"砰"的一声令人痛绝肺腑的闷响，张超魁梧的身躯连同笨重的火箭弹射椅一道，穿破厚实的座舱盖弹射出舱。由于离地太近，弹射角度之差超过了安全边界的极限值，伞面根本无法张开，和座位连在一起的张超被重重地摔在硬邦邦的水泥地面上。

然而正在此刻，张超久别的妻子张亚乘坐着的绿皮列车，向着丈夫的方向驶来。即将久别重逢的欢欣如春风般伴随着这位英姿飒爽的海军上尉。

从张超驾的战斗机突发电传故障的12时59分11.6秒，到救机无望张超弹跳出舱的12时59分16秒，张超用4.4秒的时间奋力救机，这转瞬即逝的4.4秒如一面运动着的明镜，映照出了一名人民飞行员镇静自若的体态和冰清玉洁的灵魂。

4.4秒，朵朵白云睁圆了双眼；4.4秒，巍巍群山踮起了脚尖；4.4秒，战友的肝胆撕成了两半；4.4秒，重重一摔摔痛了河山！

救护车呼啸着，载着奄奄一息的张超，风驰电掣驶向医院……

南来的列车载着张亚和她的期待，也风驰电掣地北进、北进……

第一章　筑梦岳阳

不说“再见”

1986 年 8 月一个赤日炎炎的日子，湖南岳阳县筻口镇南沅村一栋硬三间一偏厦的土砖房里，传出了一串响亮的婴啼。

在已近中年的父亲张胜华看来，这串哭声堪胜天籁！“呜啊呜啊——”这是张氏血脉谱就的生命交响，虽然张胜华不曾鉴赏，也不会鉴赏贝多芬的《命运交响曲》，但他分明从哭声中听到了命运之神在狠狠叩击他老张家的柴扉，他确信这个顽强的小生命将给张家带来门板也挡不住的好运。

这个高调降生的婴儿是村民张胜华、李四荣夫妇的第四个儿子。这是一对命运多舛的夫妇，他俩的第一个儿子患天花不幸夭亡，接着第二、第三个儿子相继在宅旁小河里意外溺亡。不到十年痛失三子，年轻的夫妻经历着常人无法想象的悲伤与痛苦。今天，张胜华一面端详着新生婴儿令人疼爱的脸，一面琢磨着给孩子取个吉祥喜气的名字。

小宝贝眼睛大大，鼻梁直直，脸蛋圆中带方，而且声宏嗓大，啼声颇有穿山越岭穿云破雾的穿透力，这来头还真有几分超凡脱俗，超群越辈！这小家伙今后开车也是一路鸣喇叭不断超车的霸主，就叫超儿吧！把我老张家那段不堪回首的日子超过去！“好！超儿这个名字好！”再次冲过生死关头，感受命运成功逆袭的李四荣与丈夫心灵同频，脉搏共振！“超儿！我的超儿！我们张家就指望你了！”李四荣虽然疲惫至极，更是欣喜至极。

超儿，是这对农民夫妇心中扫尽阴霾的小太阳！

筻口，群山叠翠，河港纵横。抗日战争时期，这里是湘北会战的主战场之一，中国抗日军民以筻口镇以南的新墙河为界同仇敌忾，浴血奋战，凭借这条水上堑壕以血肉之躯挡住魔鬼的战车，粉碎了冈村宁次指挥的三次疯狂进攻，英雄的新墙河“一寸山河一寸血”的慷慨悲壮，被各反战同盟国主流媒体誉为“东方的马其诺防线”。1941 年，一名叫王奎荣的营长率部坚守新墙河畔相公岭，抵御一万多名鬼子组成的虎狼之师连续两昼夜的疯狂进攻，五百壮士无一生还。营田一役一千多抗日军民集体殉国。

在新墙河边土生土长的张胜华，凭吊过抗日英雄战斗过的草鞋岭和相公岭上的战壕，目睹过河滩上日寇轰炸机投下的哑弹，他不止一次地想要是自己早出生若干年，赶上那金戈铁马、烈火狼烟的时代，他一定投身军旅，扛起钢枪，以身许国，即使无缘从军也会抡起大刀向鬼子头上砍去！超儿懂事后，张胜华不厌其烦，不厌其详地向他讲述这些英雄舍身取义、保家卫国的故事。

32 岁的张胜华虽不算高大魁梧，也算身材匀称，俊朗挺拔。他上学不多，但自幼勤奋好学，聪颖机灵，酷爱鼓捣农用机械，对操作农用抽水机、碾米机、拖拉机，他多看几次竟然无师自通，是方圆十里小有名气的农用机械师，被群众推举为村支两委确定重点培养放心使用的农村机械化实操人才。抗旱时节，他是各生产队乃至后来的作业组追捧的抽水机手。农闲季节，他日夜坚守在村部机房，为乡亲们将稻谷打成白米，将籽棉轧成皮棉。哪家农友半夜在山峁上叫一声“张师傅，我屋里冒得明日的早饭米，劳你过来打一下！”张胜华撩开蚊帐就下床，拔腿摸黑奔机房。乡亲们说：“张师傅身上如果穿了两条裤子，只要看到别人冒得裤子穿，他立马脱下一条，而且脱那条长的。”

此刻，张胜华将亲手烹制的土鸡汤端给为张家延续香火立下大功的爱妻，然后惬意地欣赏着超儿的超高颜值，再将眼光投向门前那条蜿蜒清澈的游港河。游港河是新墙河的支流，他仰视坦坦荡荡的主流，却敌视幽幽暗暗的支流。就是这条支流残酷地吞噬了他两个儿子幼小的生命。在他眼里，这哪是条河港。分明是索命的乌龙！如今超儿降生，张胜华喜出望外，痛定思痛，定下一条“张氏铁律”——超儿不得下河玩水，死活不能让超儿接近那条背时的“乌龙”，甚至不能让宝贝儿子接触所有的水沟、水塘、水井，甚至水缸、水桶、水盆！超儿是张家贫瘠的山地上长出的最后一根独苗，他要让这根独苗远离狂风暴雨雷电霹雳，平安无虞地长成参天大树。

这的确是一颗茁壮成长的幼苗，原生态的生活环境造就了幼年张超的健硕，善良正直的家风造就了他的单纯，唯一让张胜华忧心的是，小张超对水似乎有一种与生俱来的依恋，看见小河，他就兴奋得蹦蹦乱跳，听见水声，他就咯咯发笑。超儿两岁时，有一天，张胜华发现儿子腿上皮肤有点异样，于是用手一刮，刮出一条白痕，这是被水浸过的印记。张胜华怒从中来，顺手就是两巴掌，以示惩戒。他意识到必须釜底抽薪，背井离乡，以绝重蹈覆辙之后患！

从筻口去往岳阳市的山道上，李四荣一步三回头地缓缓走着，而挑着一担箩筐负重前行的张胜华却始终没有回头望一眼故乡。一根扁担闪悠悠，几多艰难几多愁！这根扁担挑着的箩筐里，一只坐着两岁的小张超，另一只装着简单的行李，也装着一个多才多艺且忠厚老实的农机手对儿子锦绣前程的憧憬。

70 里外的岳阳城，你能接纳这个渴望改变命运的三口之家吗？

凭本事吃饭

1988 年岳阳，正在孟浩然的诗意中拓展裂变，“气蒸云梦泽，波撼岳阳城”！改革开放的大潮席卷着这座拥有 2500 多年灿烂历史厚重文化的湘北古城。北宋时期庆历六年闪亮问世的《岳阳楼记》，以宏大精神架构和以天下为己任的士大夫情怀，成为震古铄今的惊世雄文，人间绝唱，尤其是其中的“先天下之忧而忧，后天下之乐而乐”的警句，字字掷地作金石声，成为历代仁人志士的最高准则和终生追求，雄峙在洞庭湖畔的岳阳楼作为发布《岳阳楼记》的载体，也成为中华民族传统文化的精神高地，思想圣殿。古往今来，无数奋发有为、心忧天下之士来岳阳登楼怀远，将名城古楼作为自己的灵魂栖息地、精神加油站。而生于斯长于斯的历代岳阳人更是得天独厚地接受近水楼台的月光朗照，岳阳市15000平方公里的灵山秀水间，人杰地灵，英雄辈出。仅就晚清到现当代，这里就走出了左宗棠、郭嵩焘、李元度、任弼时、何长工、苏振华、张震、毛致用等杰出的政治家，军事家。

张胜华无数次熟读《岳阳楼记》，也读过陆游的“位卑未敢忘忧国”，作为一名共产党员，他懂得心忧天下，就是爱国为民。离开那条令他伤心的小河后意欲何往？他有过无数次的苦思冥想，也许是与生俱来的岳阳楼情结被激情点燃，也许是为自己的宝贝儿子张超受到更好的教育和熏陶，他坚定地选择到岳阳楼下这座当时并不繁华的小城市，去打拼，去谋生，不为别的，就为儿子张超平安健康成长为一个对国家有用的人。

作为一对农民夫妇，他们没有积蓄，没有谈得上“资源”的人脉，然而吃苦耐劳的精神是他们的丰厚积蓄，坚忍顽强是他们的不竭资源。为了超儿的明天，闯！没什么值得犹豫的，淳朴农民的思维就像三眼桥下南湖的水一清见底。

一根压弯的竹扁担，一头缠着筻口热土的乡愁，一头系着憧憬和责任。由张胜华扛着，走过这看似去意已决，其实牵肠挂肚的三十多公里。

近了，近了！这就是金碧辉煌的岳阳楼。已在李四荣臂弯里睡着的小张超被喧嚣的市声惊醒，眨巴着水灵灵的双眼，打量着陌生的一切。

岳阳楼的飞檐扬起热情的手臂，似乎在欢迎这个穿着与市民迥然不同的三口之家，张胜华在鱼巷子和街河口之间的石板路上放下担子，小张超的眼帘中突然出现一大片水波，兴奋得手舞足蹈：“妈妈，看，水！水！水！”

张胜华像是突然被人击了一棒，抬眼一看，烟波浩渺的洞庭湖就在眼前！他急忙挑起担子拉着儿子催着妻子，逃命般地离开那令人望而生畏的一片汪洋。慈氏塔如一位历尽沧桑的老人，踮起脚尖打量着刚才这里发生的一切，似乎在无声地赞赏这个携妻带子闯岳阳的篢口汉子，表扬他挑战自我的豪气和异地而居望子成龙的担当。

正如时下俗话所说，“想象很丰满，现实很骨感”！张胜华一家虽然进城了，但是除了没有门前那条小河带来的失子之痛，其他好处就乏善可陈了，城里米珠薪桂，什么都要钱买，而此时的张胜华不缺雄心壮志，缺的就是钱，此时此刻，乡亲们的规劝萦绕耳畔，挥之不去：“在家般般好，出门时时难！”那确实！住在农村再苦再穷，房前屋后的扁豆丝瓜随手可摘，自留地里的茄子辣椒前一茬还没吃完，后一茬又嗖嗖地长出来了。而城里的小菜贵得稀奇，即使是菜市场废弃的烂白菜，空了心打了蔫的萝卜，也要交几分毛把钱的好处费人家才让拿走。张胜华夫妇只能将一分钱掰成两半花，有吃没吃，先喂饱小超再说！

幼小的张超虽然不懂生活的转折意味着什么，他饶有兴致地打量车水马龙的市井，看着篢口乡下从未见过的高楼大桥，还有那桥下呼啸而过的火车，然而最吸引超儿的目光和听觉的，是偶尔从头顶的蓝天中掠过的飞机，他可以仰望着一架飞机消失在白云深处，目送飞机走了，他还在目不转睛地欣赏飞机飞过的航线上那一道喷气白线，像戏迷欣赏舞台上那善舞花旦潇洒飘逸的悠悠水袖。

这里是地处岳阳城东的东茅岭，街口上那家岳东饭店，以出售货真价实形大味美的包子馒头而著称于城东一带。张胜华夫妇企图逃避岳东饭店包子馒头的诱惑，但是小张超的鼻子超级灵敏，如雷达扫描般闻到了那门板都挡不住的香味。

“馍馍！吃馍馍！”小张超指着蒸笼屉里的馒头叫唤。

父亲从干瘪的钱包中掏出一张角票，买了俩馒头，正要送给儿子，又改变主意，用两个馒头换回一个包子，因为那白面包着的是精肉馅子，油油的，香香的，小张超更喜欢吃。尽管饥饿的火舌舔着张胜华夫妇的胃壁，但只要超儿吃饱了，全家不饿。

比填饱肚皮更重要的是找工作，20 世纪 80 年代末的岳阳城市居民就业都老大不易，进城的农民大多随包工头到建筑工地务工，像张胜华这类“散兵游勇”找一份称心如意的工作难如上青天！

心灵手巧的农机手还是通过在农村练就的机械、电工技艺，以揽保险“扫楼”的狠劲，一家家街办小厂去毛遂自荐，被一家家直言或婉言拒绝。天生我才必有用！一个偌大的岳阳市，未必就容不下我张胜华一家？没有一份安身立命的工作，小超儿入学成长的费用从何而来？还有什么比小超儿的前程更重要？钻山打洞，砸锅卖铁也要找到工作，在岳阳站稳脚跟。

天无绝人之路，在遭遇数十次拒绝后，终于找到了机遇，东区水电安装队急聘临时工，张胜华从一位簟口乡友口中得到信息，立即去应聘。

东区水电安装队队长龙湘林性情爽朗耿直，第一眼见到这位来自簟口的中等身材、憨厚干练的农民，开口就问："做过电工吗?"

"做过一炮年!"湘北方言将"一十"说成"一炮"，也许就是这"一炮"，打响了张胜华的进城之役。

"好！那就先试试，晓得安全规程啵?"龙湘林问。

张胜华如数家珍地做了回答。

龙湘林在张胜华左肩拍了一掌，象征着当场拍板决定，让张胜华一个人作为他麾下的第三组，立即投入水电安装。这座被国务院列为首批沿江开放城市的江城的东区，急待它的水电安装队点亮活力和希望，而张胜华当时恐怕还没有如此高规格的雄心壮志和时代担当，他最实际的使命就是点亮儿子的锦绣前程。

"试用三天，行就继续干下去，不行就走人。"龙湘林说话干脆利落。

张胜华驾轻就熟，大显身手，一个人从水泥电杆上爬上爬下。一个人拉电线，接电表。没有手表，太阳就是他的时钟，到下午下班时，前来验收的师傅马浩兵惊叹不已："张师傅你有下手帮忙?"

"冒得，就我一个。"张胜华实话实说。

"你是老电工吧?"马浩兵边检查工作质量，并赞赏地询问。

说话间，队长龙湘林也板着面孔走进工场，他一声不吭地爬上电杆检查电线安装质量，看了一处又一处，然后又一声不吭地走到张胜华近前，说了句让张胜华提心吊胆的话：“原来说的试用三天，不要试用了！”

张胜华懵了：“龙队长，你不能……”

龙湘林还是将一只手往张胜华右肩猛地一拍：“70 块钱一个月，工资从今天算起！”

筒子楼的新房客

小张超给爸爸妈妈带来无穷欢欣，尽管是居无定所，父母温暖的怀抱就是最高档的席梦思。张胜华终日高空架线的疲惫劳累，似乎都随着小超儿朗朗的笑声一扫而光。

运去金成铁，时来铁成金。张胜华的精湛技艺和务实作风，赢得了良好的口碑。市饮食服务公司正需一名外线维护电工，经理听闻箩口来了位好电工，就以每月比东区水电安装队多五元的工资，外加集体企业的劳保福利为条件，连挖带抢，硬是把张胜华拽了过来。其辖下的岳东饭店的经理说：“张师傅你不是没地方住吗？到我们店里来吧，我们就是再挤也腾出一间房给你安家！”

“安家！”多么奢侈的念想啊，住房是家的载体，没有属于自己相对固定的住所，永远是这座城市的匆匆过客，就像游港河上随波逐流的一片浮萍。如今这片浮萍不再漂泊，小超儿不再随父母颠沛流离，而且这间斗室是他张胜华靠自己的劳动挣来的，他望着小超儿亮晶晶的一双大眼，从清澈明亮的眼神中看到了一片光明。

人往高处走，水往低处流。几经辗转，张胜华终于被国营小厂巴陵橡胶厂招为正式工人。岳阳作为中南地区最大的石油炼化基地之一，有驰名省内外的巴陵石化公司和长岭炼油厂，还有名头响亮的岳阳造纸厂、华能电厂、3517 被服厂等一批大型国企，张胜华不敢奢望加盟这些大厂，能够在这个地处市中心的一个名叫白杨坡的巷道里的貌不惊人的小厂里当一名不再入另册的正式工人，他和李四荣都认为是祖坟上开了拆，继而还冒了青烟。

巴陵橡胶厂生产的各类机动车辆轮胎，市场前景式微，厂房和职工宿舍杂乱无章、因地就势地拥挤在一片小山坡上，也许这片山坡生长过白杨树，落下白杨坡这个颇具生机的雅称。

沿着曲里拐弯的小道行至深处，一栋红砖砌成的砖木结构两层楼房，顽强地站立在白杨坡下，斑驳的墙面虽然陈旧苍凉，但仍在彰显创业者、拓荒者的坚韧不拔。“工业学大庆”的褪色标语还在墙面若隐若现。

筒子楼，顾名思义，就是一种类似一个硕大的筒子般封闭简陋的建筑。中间狭长的走廊上是住户们的五花八门的炉灶和锅碗瓢盆。这类简陋建筑在雨水丰沛的江南，即使在二楼也难免潮湿阴暗。从走廊上穿过得小心翼翼，以免胳膊碰坏别人的锅灶，或是衣裤沾上炊具上的油脂，还怕一脚踩碎了邻居的藕煤。

就是这栋其貌不扬的筒子楼，见证了张超从懵懂幼童成长为青葱少年、阳光青年。

张胜华一家被厂长陈继岳安排住进筒子楼，的确是超常规的破例照顾，如果论资排队，还轮不到初来乍到的张家。

从此，这栋通风采光不佳且拥挤不堪的筒子楼里，就经常传出幼年张超稚嫩而天真的笑声，那一串串透明响亮的“哈哈”，给筒子楼带来了生机和喜气。

朴实忠厚的张胜华、李四荣，迅速融入这个温暖的大家庭。爱笑、懂礼貌的小张超很快成为筒子楼的“公众人物”，叔叔阿姨人见人爱的英俊少年。大家都说小超儿会有大出息，只是当时谁也不曾料到，这个聪明爽朗的小男孩会成为一名万里挑一的战斗机一级飞行员。

“锅铲，一把锅铲，李阿姨，是你们家的吧？”小张超吃力地扛起那把从地上拾起的锅铲，沿着筒子楼走廊一排造型各异的灶台发表流动式失物招领启事，直至完“铲”归赵。

这一天两个小伙伴为一颗水果糖而大动干戈，两双小手都揪住了对方的头发，小张超毫不犹豫地冲上去，钻进比他高一头的二位“斗士”中间，“两个哥哥别打了，我给你们发糖，一个一粒，要得啵？”

小张超转眼就上学了，学校就叫白杨坡小学，一天李四荣看见儿子放学回家背了两个书包，不禁瞪圆双眼厉声质问：“放学回家晚了这么久不说，怎么还拿别人的书包？说着举起右手准备施以体罚。”

“妈妈你搞错了！”小张超一脸委屈。

“还说我错了，这明明是别人的书包嘛！”李四荣举着的手并没有立即落下。

“妈妈，这是我在放学回家路上捡的书包，我站在原地等人来找，等了好久好久，没等着，我就带回来了，明天上学我再交给那个同学。”

看着儿子诚实的双眸，妈妈举着的手轻轻落下，慈爱地抚摸着她的头，喃喃地说：“超儿你对了，是妈妈错了！”

小张超扬起头说：“妈妈，你没有错，妈妈，超儿知道关心别人的孩子是好孩子，拿别人东西的孩子不是好孩子。超儿不做坏孩子，要做妈妈的好孩子！”这一串“好孩子坏孩子”的绕口令，其流利程度赶得上德云社。

贫寒是一种财富

斯是陋室，惟吾德馨。巴陵橡胶厂筒子楼深处的这间小房，简陋得连墙上的石灰也会不定期无预兆地掉落，水泥地板早已被几届居住者的鞋底和扫把折腾得凹凸不平，百孔千疮。两间小床一摆，就占了大半间面积，人在其间走动，必须不断地挪动那几把四肢残缺的凳和椅。没有衣柜，也没有空间摆放衣柜，一张用半截红砖靠墙砌成的砖台，既当餐桌又当写字台。解决内急必须穿过筒子楼长长的走廊，去百多米外的公共厕所，即使是冰雪交加，也得踏雪前往。每到夏天，上厕所都是一次与蚊蝇的短兵相接，有时还真“刺刀见红”。

身居简陋的环境未尝不是一件幸事。

小张超八岁那年，李四荣坐在筒子楼前的阳光下缝衣服，张胜华也利用工作之余陪着妻子晒太阳，李四荣缝完一根线正要抬头接线，突然看见一个小男孩骑着一辆“飞鸽”牌自行车迎面驶来，“胜华你看，这伢子好像我们家小超儿！”

张胜华抬眼一看，骑车的小孩而已倏忽远去，一双小腿还够不上踏板，只能站立着将一只腿从三脚架中伸过去，嘎咕嘎咕地踩着右边的踏板，小孩吃力地踏送有点消极怠工的链条，表现出与年龄极不相称的奋发姿态。

“是，是超儿！这小把戏哪里弄辆单车？”对机械特别钟情且异常敏感的张胜华心中掠过一排热浪，“这孩子这么小就敢学自行车，有种，勇敢、顽强、敏捷！长大肯定是好汉一条。”

夫妻俩也许当时尚不知道品学兼优的儿子，从踏入小学校门起就酷爱体育锻炼。乒乓球、羽毛球甚至搬起就全身倾斜的篮球，小张超都爱不释手。妈妈给的并不算多的早餐费，他也省下一半积攒起来，终于够数了，他买回一双回力球鞋，每当上体育课或课余活动时穿上，配上匀称健康的好身材，俨然一名令球迷倾倒的小球星。一旦走下球场，他立即脱下球鞋，用废报纸包上小心翼翼地放进书包。不少家境较好的同学都有价格不菲的波鞋，有的同学一天换一双鞋，被人称“一波未平，一波又起”，而张超却将一双普通球鞋当成奢侈品敝帚自珍。

他何尝不想买双弹性好、颜值高的波鞋？他何尝不想穿身潇洒得体的品牌运动服？但是他知道妈妈没有工作，爸爸所在的工厂已近瘫痪，爸爸被迫下岗，全家人省吃俭用，支付学费依然十分艰辛。他和同龄的孩子一样爱美，但是他懂得，贫寒学子不能与人比穿戴、比阔气，如果一定要比，那就要比德才，比志气。他记得老师给他讲的红色故事，故事说抗美援朝时，杜鲁门和艾森豪威尔扬言要发射原子弹来反扑志愿军和朝鲜人民军的抗争，毛泽东主席说："他打他的原子弹，我打我的手榴弹！"他很崇拜东方巨人的冲天豪气！

就是这双球鞋伴随着小张超在阳光下、风雨中一路奔跑，一直穿到脚长大后实在蹬不进去。

贫寒的家境何尝不是一笔巨大的精神财富？上中学后，张超所在的岳阳市七中离家较远，因为没有钱乘公共汽车，张超以每天十公里快走甚至跑步，锻炼出强健壮硕的体魄。

有氧运动固然有益身心，无害饮食亦能强其筋骨。穷人的孩子早当家，窘迫的家境，父母的节俭，使张超自幼养成俭朴甚至悭吝的习惯，节衣缩食到了几近自虐的程度。

初中三年级时，一次班级篮球友谊赛后，夺冠的喜悦陶醉着张超和他的队友。"去，校门口小超市集合，我请大家喝可口可乐、贝力健。"一名队友说道，同学们欢呼着熟练地拉开贝力健易拉罐盖，畅饮豪饮牛饮，可口可乐可心！

请客的东道主发现张超远远地站在一旁，怎么回事？有名的"开心果"今天怎么不合群了？"给，贝力健，张超，接着！"

眼明手快的张超伸手接过易拉罐，走了过来，将饮料还给东道主，"我不喝饮料，谢谢你！"

"看不起哥们儿是吧？"同学生气了。

"不是不是，我真不喝饮料！"张超笑着边解释边从书包里取出一个矿泉水瓶，拧开凑过来和同学们碰"杯"。

请客的同学不干了，"谁给你碰杯，我的贝力健配不上你的矿泉水！"

张超还是乐呵呵地说："我这是妈妈给我灌的冷开水，来，碰一下，庆祝夺冠!"

东道主觉得失了面子，悻悻地转身就向一边走去，几位了解张超的同学忙走过来解围说："张超从来没喝过饮料，初中快三年了，我们没见他拿过饮料瓶。"

"真的?"东道主还是有几分狐疑，"张超，你就真不喝饮料?"

张超诚恳地说："真的。"

"为什么?"

"嘿嘿，两个原因，一是家里经济不宽裕，二是因为原生态的饮食有利健康。"

"真是这样?我佩服你，张超!"东道主只觉心中一动，举起饮料瓶热情走了过来，"碰!"透明的矿泉水瓶与金黄色的饮料瓶碰出了人们肉眼看不到的精神的火花。

正是因为每天用空矿泉水瓶装冷开水饮用的生活习惯，使张超有效地避免了一度充斥市场的劣质饮料中各种添加剂，甚至腐蚀剂的侵害，从小到大张超的舌尖和味蕾竟没有触碰过一口饮料，这对于一个成天被各种花花绿绿包装的饮料包围着的孩子来说，拒绝这甜蜜的诱惑需要何等坚忍的意志?

"爸爸，明天开学，要交学费了。"张超最不愿对父亲说这句话，但今天不得不说。

"交多少?"

"通知书上写了，您看看!"

"不看了，床头小木箱子里有钱，你自己拿吧!"

翌日，张胜华清点小木箱里的钱，这才发现儿子取学费没多拿一分。

对自己消费如此吝啬的张超，一旦面临有困难的同学却判若两人地慷慨大方。上小学时，他同班一名单亲家庭的孩子由于父母双方推卸抚养职责，常常是衣食无着。张超对妈妈说："妈妈给我准备两份午饭吧，看着同学饿肚子，我心疼!"

脚上的鞋破了，李四荣给儿子50元钱，"去买双新鞋。"

鞋买来了，是两双。妈妈不解，"商店哪有这么便宜的鞋?"

"商店里的鞋太贵，我在巴陵大桥下鞋摊上买的。"

"这哪里行？便宜无好货。再说这么大的孩子了，穿得跟乡里伢子一样，不怕人家笑?"

"笑就笑吧，我不怕！嘿嘿!"说着自己朗声笑了起来。

天性的放飞

1991年夏，一个燥热的下午，巴陵橡胶厂筒子楼如同一个巨大的蒸笼，几位职工家属熬不过密不透风的"蒸笼"高温，聚集在楼下绿荫如盖的大樟树下，焦急地等待那时有时无的凉风。

突然，几位大姑大姨同时听到筒子楼内发出一阵"砰砰砰砰"的叫声，他们好奇地循声追去，发现声音来自张胜华家，这个被称作"家"的所在就是那间30平方米的斗室。

"砰砰砰砰！缴枪不杀!"声音透过门缝往走廊扩散，弄得这群大妈惊慌不已。一位胆量稍大者麻起胆子推开那扇虚掩的房门，眼前的一幕令她们啼笑皆非！

小张超此刻可谓武装到了牙齿！头戴一顶他那当过兵的小舅李节约戴过的大得十分夸张的军帽，腰束一条被他父亲张胜华用得发毛的旧皮带，手持一杆自制的木枪，虽然看起来滑稽可笑，倒也英武有神。

小张超对大妈们的“战地视察”不为所动，自顾自地以床铺作掩护，在狭小的空间冲锋射击，闪展腾挪，其势如一头下山的小虎，咄咄生威！

“小超，你这是干什么？”大妈们一头雾水。

小张超从实战状态立即回到现实，双脚一并，郑重地向大妈们敬了个不甚标准的军礼，又顺手在脸上抹了一把汗，继而用高八度音频回答：“报告阿姨，我正在打仗！”

“打仗？小超，你还会打仗？”阿姨们乐了。

“我要当解放军，像我舅舅一样威武！”

“好！小超有志气！”一位阿姨一面鼓励张超，一面搜索“阵地”，“小超，小桌子上还有一架飞机，那是干什么的？”

“那是我的战斗机！”小张超放下木枪，一把抱起小飞机高高举过头顶，扑闪着一双大眼睛，宣誓般地说：“我飞！我飞！我要开战斗机！”

满心童稚，一脸神圣！

也许，这就是张超军旅情结的最初萌芽。

1992 年夏天，6 岁的张超随父母来到南湖之滨的岳阳游乐场。

这里是孩子们释放天性放飞梦想的乐园，蹦蹦床上洒满稚意的欢笑，碰碰车头碰出天真的火花，过山车将万分刺激播向本是波澜不惊的一湖碧水，那顺时针方向缓缓旋转在城际线顶端的摩天巨轮，载着无数双惊异的眼睛，眺望洞庭湖的水天一色、岳阳楼的金碧辉煌、甚至君山岛的玲珑苍翠、三江口的壮阔空灵……

张超没有像很多同龄的小朋友一样，走进游乐场就忘情奔跑，他知道如果离开了爸爸妈妈的视线，他们会担心的。

“超儿，想玩什么？开碰碰车，还是跳蹦蹦床?”张胜华手捏一张20元的钞票，心想，“既然来了，只要超儿喜欢，就豁出去了!”

张超一眼望见那小山丘上急驰的过山车，车上的小朋友全被安全带五花大绑地固定在钢架座位上，车身在立交桥式的轨道上左冲右突，看得小张超眼花缭乱心花怒放。最后，过山车载着满车惊叫声从高坡上飞驰而下，冲向谷底清清水潭，溅起五米来高的冲天水花。

“车！车！我要坐那钻进水里的车!”张超指着还在溅水的过山车叫唤。

“好好好！超儿坐过山车!”李四荣拉起张超就走。

“好什么好？回来!”张胜华突然变脸。

一名着游乐场职业装的姑娘满脸带笑地迎上来说：“陪孩子坐一次激流探险车吧！你看，从三十几米高处冲下来，冲过一片激流，水花溅起好高，有惊无险，特别刺激，有利于培养孩子的勇敢顽强，冲锋不止的精神，尤其是那水……”

“水水水！我恨的就是水!”张胜华打断姑娘的话，扭头对李四荣说，“走，回家!”

“这来都来了！孩子想玩就让他玩嘛！”李四荣心有不甘。

张胜华的“恐水情结”涌上心头，百感交集，不能自已！为了避水，他背井离乡，为了超儿的安全，他舍命打拼，历尽艰辛。水是张家的死对头，残酷的过往令他谈水色变，闻水胆寒！

张超还在心驰神往地盯着那被衔尾相随的一辆辆过山车激起的漫天水花，喃喃地说：“水！好玩！好玩！”

“啪！”张胜华不由分说，抬手就是一掌抽向张超。

“哇……”张超只觉脸上一阵火辣，心中却是一片冰凉！

“你怎么打孩子？”李四荣也急了。

“我早就说过了，不准玩水！”

“孩子只说了，还没玩嘛！”

“我们张家不准玩水，说也不行！”

小张超若有所悟，懂事地说：“爸爸别生气，超儿不玩水了！”

张胜华心头一热，弯腰抱起儿子，说：“乖儿子，除了那个东西……”他不愿意提那个令他心碎的“水”字，“玩什么都行。”

“飞机！飞机！”张超一指不远处一组正在凌空旋转的八臂自控战斗机，兴高采烈地叫：“我要开战斗机！”

张胜华也乐了：“好，超儿去开战斗机，超儿要当飞行员咯！”

驾银鹰，飞蓝天，这是一个六岁男孩在眼花缭乱的欢乐世界作出的郑重选择。在父亲的呵护下，他豪迈地登上“战斗机”，饶有兴致地戴上飞行头盔，威风而潇洒地“驾机飞行”。他只觉高楼、人影在他身边飞快地掠过，超常的速度点燃了他的激情。也许就在这一瞬，飞行梦、报国梦的种子就种进了他幼小纯净的心田。

完成“飞行”后，张超余兴未尽，又随父母登上那“一览众山小”的摩天巨轮。

在高空旋转的摩天轮上，张胜华向儿子指点江山，游目骋怀，娓娓讲述鲁肃点兵、滕子京筑楼，范仲淹作记、新墙河抗日军民重挫冈村宁次、美国盟军飞行员在黄沙街跳伞获当地农民救援的故事。

“美国的飞行员跑中国来了?”小张超弄不明白这复杂的历史背景。

“抗日战争时期，日本鬼子的飞机丢炸弹，岳阳城里炸死好多人，美国有个陈纳德将军组织了一个叫作飞虎队的飞行员队伍，帮助我们中国打日本……”张胜华虽说学历不高，但勤奋好学，成为儿子张超第一任老师。

“我长大也要当飞行员！哪个欺负我们，我就驾起飞机去打哪个!”小张超信誓旦旦。

这次游园，是张超人生中第一次“模拟飞行”。

家　风

中华民族自古倡导良好的家风，大凡青年俊彦社会栋梁，都得益于优良家风的熏陶教育。岳母刺字“精忠报国”；司马光告诫子孙贪婪多欲身必败；曾国藩告诫兄弟子侄“家俭则兴，人勤则健”；林则徐手书“十无益”格言警策后人……

张超幸运地降生于一个深受中华民族传统美德影响的工农之家。先是农民，后为工人的父亲张胜华，血脉里流淌着淳朴农民代代相传的道德基因，母亲李四荣勤劳贤淑，心灵如水晶般透明，为人如泥土般朴实。

作为一根扁担闯岳阳的农民，几经辗转成为小厂职工后，张胜华以温良敦厚的性情，克己奉公的品格，很快赢得了工人们的欢迎。

一天，厂区一名焊工正在工作，突然焊点一阵吱吱作响，只见火光一闪，焊点冒出刺眼而密集的火花。工友们被这猝不及防的变故惊吓到，呆呆地望着火花顺着线路飞速地延伸扩散，有的吓得夺门而出不知所措。

险情在放大，车间在告急！听到惊呼声的张胜华飞也似的赶来，一面高喊“大家躲开！”一面奋不顾身地直奔险情现场，来不及找合适的工具器械，与焊点火焰短兵相接地徒手“肉博”，脸上烫起了火炮，手也烫破了皮，最后还是硬生生地扑灭火源，控制住火势，直至事故完全消除。

看着爸爸的满身伤痕，小张超心理烙下了见义勇为、舍生取义的深深印痕！父母的一言一行都在给后代传递关于人生准则、价值取向等方面的精准信息。

张胜华常在家里念叨：“我们一家从乡里来，是厂里收留了我们，给了事做，给了屋住，给了饭吃。做人嘛，滴水之恩也要涌泉相报。工厂就是自己的家，给家里做事，当然要尽心尽力，任劳任怨，遇到危险，还要敢打敢冲！”

有一个除夕之夜，值班人员发现管道故障，而专业维修工又回家过年去了。张胜华闻讯后二话不说，放下饭碗拿起工具就走。湖南有特别重视团年饭的乡俗，岳阳民俗认为这顿辞旧迎新的饭具有合家欢乐万事如意的吉祥感、仪式感，岳阳俗话说："三十夜里呷年饭，尽好的来！"为这顿饭李四荣费尽心机准备乡里土鸡和腊鱼腊肉，不料一顿热气腾腾喜气洋洋的年饭被突发的故障打断，大煞风景。

经一番折腾，张胜华处理好管道故障，桌上饭菜已经冰凉。张超一边看着爸爸眼中透露出一种旁人也许无法察觉的快慰，一边看着妈妈忙不迭地打开炉灶重热饭菜，他感到这个除夕夜特别温暖！

这一年，厂里各车间的车间主任换届选举，刚到厂里没几年的张胜华破例被选为车间主任，而且是以高票当选，唯一没投的一票就是他自己的。

巴陵橡胶厂规模有限，车间在宿舍隔壁，工作与生活同在一院，工友们和家属子女低头不见抬头见，吃饭时一双筷子夹遍筒子楼的菜碗，比当今小区居民鸡犬之声相闻，老死不相往来的陌生化的聚居更有人情味！

大家庭式的生活环境，使孩子们感受到了更多的真善美，张超就是在这种并不富裕但充满爱的环境下健康成长。阳光男孩，人见人爱。

一株有着五十年树龄的香樟虬枝盘曲，叶茂根深。张超经常在这棵树下的水泥圆凳上做作业。如果有顽皮的小伙伴爬上树摘树枝树叶，张超总是像站岗的战士一样上前制止。谁要是伤害小院里的花草，张超总是伸出小小的双臂护挡那些鲜活的生命，俨然一名忠于职守的护花神。

巴陵橡胶厂工会主席赵启厚，喜欢张超就像喜欢自己的亲儿子。院内十几个上小学的孩子中，张超最惹人注目。“赵叔叔早！”“李伯伯您好！”张超逢人就问候，热情而懂礼貌，像早熟的“小大人”，“成天哈哈直滚，是一颗人见人爱的开心果！”赵启厚这样评价时，眼神中流淌着父爱的光波。

小张超从不与人吵架，同伴们发生争执或者肢体冲突，他总是毫不犹豫地冲上去“维和”，争斗的双方常常因为张超真诚而天真的笑脸而化干戈为玉帛。张超学习认真，在同伴的冲锋激战的“炮火硝烟”中做作业，也能闹中求静心如止水波澜不惊。等到作业做完，他才如猛虎下山投入“战斗”，那冲锋陷阵的精气神堪比《平原游击队》中的李向阳！

“咚咚咚咚！”有人急促地敲门。赵启厚打开虚掩的办公室的门，却不见人。

“赵叔叔，您快跟我走。”声音从低处发出，赵启厚这才低头看到站在面前的小张超。

张超仰起憋得通红的小脸，边举起右手敬军礼边说：“有几个小朋友把厂里的铁东西拿走了……”

“什么铁东西，你慢慢说！”赵启厚蹲下身来抚摸着张超的头说。

“就是堆在仓库里的铁东西。”

“哦，拿到哪里去了？”

“收废品的地方，说是要把东西卖掉，我劝不住。赵叔叔，快点去，他们要是一卖掉，厂里就吃亏了！”

赵启厚随着小张超一路小跑赶到废品收购站，买卖双方正在将“铁东西”过秤。

“这些东西修一修还可以用呀！孩子们，你们应该像张超一样爱厂护厂，厂里这么困难，怎么能将公共财产当破铜烂铁卖掉呢?”赵启厚火冒三丈！

几个自知做了不光彩的事的小伙伴有的低头认错，有的却恶狠狠地盯着“告密者”张超。张超全然不在乎别人的眼光，他只记得父母亲无数次地告诫：“公家的东西，即使是一根草，也不能往家里拿。”

“我要把你们今天干的‘好事’写上黑板报，让你们出出名!”赵启厚余怒未消，怎么才能煞住盗卖公物的歪风，工会主席首先想到了厂里的“主流媒体”。

张超急了，忙拉住赵启厚的手央求：“赵叔叔，您千万不让他们上黑板报，一上黑板报，他们的爸爸妈妈就会晓得，一晓得他们就会被打死去的!”

那两双紧盯着张超的眼睛，转瞬发出感激的光。

“好吧，看在张超的面子上，今天就不让你们上黑板报了，下不为例!”赵启厚法外开恩。

张超的脸笑成了一朵花，抬起右手向赵启厚敬了一个礼。

“你这是少先队的队礼吧?”赵启厚疼爱地摸着张超的头问。

“不是，我还没有入队，我敬的是军礼!”张超一脸严肃。

“好家伙！有志气!”赵启厚更乐了，刚才发生的不愉快，早被这个阳光少年的清纯可爱所驱散，“超伢子，赵叔叔支持你，长大当解放军!”

仰望蓝天

岳阳楼，历代以天下为己任的士大夫的灵魂栖息地，当代社会精英的精神加油站。九百多年前，范仲淹凭借这座楼阁发出震古烁今的仰天长啸，从此，心忧天下的家国情怀激励无数仁人志士以身许国，情系苍生。

张超所在的岳阳市七中，十分重视博大精深的湖湘文化对学生的熏陶。语文教师在讲授《岳阳楼记》时，尽可能将课堂搬到岳阳楼实地教学。张超正好赶上了这种独具匠心的安排。语文教师原本想在岳阳楼二楼讲课，但管理人员说，一楼更有利于为国家一级保护文物减压，一堂别开生面的语文课开始了。

“余观夫巴陵胜状在洞庭一湖，衔远山，吞长江，浩浩汤汤，横无际涯，朝晖夕阳，气象万千，此则岳阳楼之大观也……”

张超随着教师的朗读，透过窗口遥望烟波浩渺的洞庭湖，一股气吞万里如虎的豪气在胸中涌动。当教师和全体同学齐诵“先天下之忧而忧，后天下之乐而乐”的千古绝唱时，范仲淹以天下为己任的家国情怀，在这位翩翩少年胸间激起重重波澜。

老师说：“大家现场感受了巴陵胜状，实地体会了范仲淹的忧乐情怀，哪一位讲讲学习体会？张超，你说！”

张超咬了咬下嘴唇，壮了壮胆，说：“老师，我们不仅要心忧天下，还要心忧天上。”

“哈哈哈哈……”同学们哄堂大笑。老师没有笑，“心忧天上？你说说你的理由。”

张超说：“今年4月1日，美国海军的EP－3型侦察机窜入我国海南岛东南70海里的专属经济区上空，我国飞行员王伟驾机奋起驱逐，两机发生碰撞，王伟英勇牺牲。老师，您说，我们是不是要心忧天上，构筑更强大的空中长城?”一番话说得全体师生感奋不已，老师带头鼓掌，掌声汇入洞庭湖的风声和涛声。

端午节，是岳阳的水上嘉年华。张超懂得，公元前278年，屈原就是在岳阳汨罗江上悲壮一跃，使汨罗江成为蓝墨水的上游。龙舟上的每一次振臂划桨和岸上的每一声呐喊，都是岳阳人乃至整个中华民族爱国主义精神的张扬与渲泄。尽管父母规定张超不能近水，近水必受严厉斥责，然而这年岳阳南湖麦子港的端午举行了龙舟节，张超还是去为桡手加油助威，为屈原的爱国情怀欢呼点赞！如果不是父命难违，活泼好动、酷爱体育的他真想跳上龙舟奋力挥桨，酣战一场。

历史文化名城深厚的文化积淀，熏染着这个好学上进的阳光少年。

张超的大舅父李旺兴和小舅父李节约都是转业军人，小张超常常缠着他们讲战斗故事。像舅舅那样，心忧天下，仗剑报国，是小张超最大的梦想。有一次他对妈妈说：“妈妈，昨天晚上我梦见自己穿着军装在冲锋，要不是后来醒了，我肯定会打个大胜仗!”

离梦想开花的季节越来越近了。

岳阳市七中是一所十分关注学生德智体全面发展的学校，

尤其是体育、音乐特长教育卓有成效。七中有位从空军部队转业的教师，名叫王亮，曾是航天英雄聂海胜的战友。王亮具有良好的培养飞行员后备人才的情怀和技能。在学校储备的预备招飞的尖子生中，排在首位的就是张超。在此之前，岳阳市七中有16名学生通过招飞圆了航天梦。

飞行员的报考条件可谓十分苛刻，录取的概率极低。从初中二年级起，王亮就开始选“苗”。他欣喜地发现，张超身上所表现出的热爱军旅、心胸宽广、阳光开朗、坚定果断、少年老成、善于自控等精神特质和优异的文化成绩，惊人地符合飞行员应具备的条件。良好的体能与身体潜质，刚正不阿的一生正气，与人为善的合作态度，也正是一名军人所需要的。于是，王亮开始呕心沥血地对张超进行体能和基本技能的训练。

张超投身军旅的梦想正式启幕。他除了完成繁重的文化知识学习任务，还要付出大量的时间和精力进行体能训练。培养一个合格的飞行员，还得有一定的财力支撑，而家境贫寒的他囊中羞涩，连每天乘公共汽车上学的钱也成问题。怎么办？系统论的思维为他找到了答案。系统论主张把研究和处理的对象，作为一个整体系统来对待，以达到最优的目标。体能锻炼又缺少时间，而乘车又没钱买票，那就采取两全其美的方式解决问题，步行。从家里到学校，每天往返两次，十多公里的快走或慢跑，运动量已足够。

谁说钱少是坏事？张超就是因为钱少而通过步行和拒绝饮料而强健体魄，更因为家境不宽裕而懂得节约和珍惜，这些都是钱能买回来的吗？

细心的王亮发现，张超的耐力虽然较强，但如果要成长为飞行员，尚有一定距离。慈不掌兵！培养飞行人才不能心慈手软！“张超，你是真想当飞行员吗？”王亮引而不发。

“真想！王老师，你不相信我？”

“真想当飞行员，就得吃大苦耐大劳。轻松愉快是上不了蓝天的。”

“我不怕吃苦，就怕考不上。”

“考不上就让别人上吧？”

“那可不行，我一定要考上，国家的领空要有人保护，王老师，帮帮我，一定要圆我的飞天梦，报国梦！”

“可是你的体能还不达标，耐力也欠缺。”

“有办法补上吗？”

“有什么办法？除了魔鬼式训练还有什么别的办法？”

“那就魔鬼式训练呗！”

“口吃灯草，说得轻巧！魔鬼式训练是非人的折磨，是人体极限的挑战，你受得了吗？”王亮循循善诱，步步紧逼！

“受得了！只要能考上飞行员，剐一身皮，我都愿意！”张超掷地有声！

“剐一身皮也没用，飞行员的皮肤要完好无损。”王亮还在诱导。

“我是打个比方！”张超急了，“反正，什么苦我都能吃！”

“那就从现在起，在两只腿肚子上绑上沙袋，除了睡觉，不得取下。你做得到吗？”

“这有什么做不到？”张超脱口而出。

“正面回答，行还是不行?”

“行！行！行!”

“好！我就知道你行。”

“只是……”

“只是什么？又变卦了?”

“没没没！我是说，只是这沙袋怎么缝?”

“早就给你准备了!”王亮说着从随身提包中取出两只沙袋，亲手为他的得意门生绑得严严实实。

就这样，两只沉重的沙袋，紧贴着张超的双腿，度过了漫长的五年，成就了张超超人的体能和耐力。

为了培养这匹千里马，伯乐可谓煞费苦心。

王亮老师目睹张超因看不惯一个文身小青年欺负老人，而“路见不平一声吼”，他又喜又忧，喜的是张超有军人的侠肝义胆，忧的是这类无法无天的小混混常常携带刀具横行霸道，这尖刀上没长眼睛，张超万一有个闪失，这个精心培养的飞行后备人才就会遭遇不测。

“张超，以后别管这种事，你既然有当飞行员的远大理想，就要确保自身安全!”王亮规劝道。

“王老师，谢谢您的关心！但是下次见这种人欺负老百姓，我还是要管。”

张超说完冲王亮一笑，王亮觉得这一笑特别灿烂!

2003 年 10 月，空军招飞的喜讯传到了岳阳市七中高中二年级。

张超又一次灿烂地笑了，这是花朵迎着春风绽放般的灿烂一笑，他终于等到了这一天!

第一个报名“招飞”的是张超。在岳阳进行的身体初检中，他顺利过关。不料在长沙的复检中，他因一项体检指标存在微弱数值差异，被宣布落选。

“还有机会，我不能在招飞的滑铁卢一蹶不振，我要飞！我坚决要飞！”张超对自己说。

勇士愈战愈勇，愈挫愈奋！张超把闹钟的时针往前拨一小时，以跑在时间前面的姿态，在书上跋涉，在体育场上奔跑，他要跨越文化和知识的崇山峻岭，还要穿越超强度体能训练的激流险滩，他不能指望老天爷的偏心眷顾，他只能让他的双腿随着往前拨一小时的时钟奔跑着，去追逐一飞冲天之梦。

横亘在张超和飞行梦之间的另一座大山，是文化课成绩。岳阳市七中并非重点高中，张超所在班也非本年级重点班，七中每年考上重点大学者凤毛麟角。文化考试失利，上航空大学也是一枕黄粱！离高考仅三个月了，张超以超乎常人、超乎常理、超乎常情的毅力发奋学习，文理两科成绩突飞猛进。班主任张随生老师将他的座位调到学习成绩较优的同学旁边，并上门给张超“开小灶”。张超如一名坚韧不拔的登山队员，在夏尔巴人的帮助下，硬着头皮强行翻越文化考试的珠峰。

2004 年 9 月，苛刻得几乎不近人情的招飞体检表上，除了“正常”就是“合格”，去年那个拖后腿的检测值也知趣地跃了上来，张超终于以良好的体魄体能被空军航空大学正式录取。

“爸、妈，我考上了，要当飞行员了！”张超举着录取通知书，一路小跑穿过筒子楼狭长的走廊，第一时间向父母报喜。

“孩子，你是爸爸妈妈的一根独苗，你干什么都可以，就是不能当飞行员！”张胜华的胸口又涌起了连续三次的失子之痛。

“妈妈，我一定要去，录取通知书都来了，妈妈，你帮我说句话吧！”张超有点撒娇的摇摇妈妈肩膀，央求道。

“超儿，换个学校去上，行吗?”李四荣的眼里闪烁着泪花。

“不！我就上空军航空大学！”一向孝顺的张超竟然第一次与父母顶嘴了！

舅舅闻讯赶来，一面接过外甥手中的录取通知书，那印在封面上的八一军徽点亮了这位老战士的青春芳华。

“让小超去吧！孩子的心在天上，拦也拦不住呀！再说，国家和军队选飞行人才，那可是万里挑一。我们的小超被选中，那是我们家庭天大的喜事呀！”

知子莫如父母。其实作为父亲，张胜华看到儿子的录取通知书也是百感交集，他是共产党员，车间主任，下岗前，他多次评为先进工作者。送子当兵，保家卫国的责任担当，他何尝没有？只是张家情况特殊，他不忍与妻子再担风险。既然超儿吃了秤砣铁了心，他沉吟良久，吐出一句话：“超儿，既然考上了，就去吧，记得为张家争光！”

“谢谢爸爸！谢谢妈妈！超儿一定为你们争气，为国家争光！”

李四荣不满地盯着丈夫一眼，嘟嘟囔囔地说：“飞行员多危险……”

“危险危险！”张胜华打断妻子的嘟囔，“干什么不危险，走路还有被车子撞死的呢！只想着危险，你也不想想保家卫国人人有责！”

李四荣一把抱住儿子，泪珠扑簌簌滴在那张军徽闪亮的录取通知书上。

邻居们围了上来，传阅着这张亮晃晃、沉甸甸的录取通知书。

几位阿姨说：“超儿说是要当解放军，究竟是真的当上了！”

“还是飞行员呢，张师傅，请客！”

“请客！我有双沟酒。”楼道里有人响应。

筒子楼里，洋溢着欢乐，流淌着喜气。

第二章　携笔从戎

上天必下海

长春，春天常驻的城市。

中国人民解放军空军航空大学，就坐落在这座春意盎然、英雄辈出的北国名城。

张超揣着扑向蓝天的梦想，拉着拉杆箱，一走进校园，还没来得及欣赏园内风景，就被正在大喇叭中播放的雄壮激越的歌声所吸引。

理想插上翅膀，怀抱抚爱山河。
选择蓝色，具有了雄鹰的本色，
沿着先辈的航向，
天空闪烁我们的星座。
我们的人生是铁马金戈！
……

雄壮威武的校歌，像一串春雷，在张超心中炸响。放眼如战士列队一般规整的教学楼，龙腾虎跃的训练场，张超仿佛看见战斗英雄王伟、张积慧、刘玉堤、杜凤瑞若隐若现的飒爽英姿。在高亢嘹亮的校歌声中，他分明感受到了复合型飞行舰长柏耀中，中国工程院院士李明，航天英雄杨利伟、聂海胜、刘伯明、景海鹏、刘洋的强劲肺活量。他深知，空军航空大学是共和国飞行员摇篮、英雄摇篮，还是将军摇篮，200 多颗将星闪耀在中华大地的万里长天，闪耀在共和国历史的天空。“先辈们！首长们！师兄师姐们，我叫张超，踏着你们的足迹，朝着你们前进的方向，我来了！”

这是一名新入学的学员心底的倾诉和呐喊。张超忘不了岳阳楼上那堂语文课。在这所我国唯一以培养飞行人才为主体、航空飞行指挥与航空工程技术专业兼容的综合性高等学府，张超以天下为己任，以天上为战场的青春壮志之梦即将正式放飞。

“同学你好！”走进新生宿舍，一只热情的手伸了过来，接过了张超的拉杆箱。

“你好！”张超扬起笑脸向这位陌生的室友点点头，耳朵还在捕捉校歌的旋律，全身随着校歌催人奋进的节奏而轻轻抖动着。

“我叫聂元闯，三个耳朵的聂，你呢！”

“我叫张超。”

“你也喜欢这首歌?”聂元闯感觉到了这位新同学对校歌的陶醉。

“太棒了，听得我热血沸腾！蓝天呼唤我，蓝天期待我，唱出了我心底里的声音！”张超滔滔不绝，神采飞扬。

“我也一样，听见歌声就想飞！”聂元闯又问：“呃，你是南方人?"

"湖南岳阳。知道吗?"

"知道！先天下之忧而忧，范仲淹写过的那个岳阳，衔远山，吞长江……"

"对对对！浩浩汤汤，横无际涯。"

"张超，真羡慕你们江南水乡……"

张超本能地岔开话题："聂同学，你的名字贴在这里，我们睡上下铺。"

聂元闯说："对，你负责空勤，我是地勤。"

张超又乐了："哈哈，我每天从你头上飞过去，哈哈哈哈!"

课堂上，张超全神贯注，无论是空气动力学、飞行力学、空中领航学，还是空中射击学，航空气象学，他都认真倾听老师的讲解，不时地记录重点。寝室里，他在脑海里反复回放老师授课镜头，与同学们切磋研究学习中的难点。有时为了一道题，如果他反复运算到熄灯时还未突破，他就打着手电筒钻进被窝继续运算。他用笨鸟先飞的精神，废寝忘食，攻克难关，获得多门功课优秀的好成绩。他曾对同学们说，飞行员翱翔蓝天，靠的是信仰信念这个强劲的引擎，靠的是科技知识和强健体能这两只坚实的翅膀。

前进路上总是不乏突如其来的障碍，飞向蓝天之路竟然受到了水的困扰和阻隔。

这不过是学校教学专用的游泳池，身着泳装的同学们一见这泓碧水便如鱼得水，欢呼雀跃。

"慢！请同学们按分组秩序，依次下水训练!"老师拿出学生名册一一点名，点到的同学应声“到”后，有条不紊地走下水池准备训练。

“张超!”

“到!”

“下水!”老师命令。

张超一脸茫然，呆若木鸡。

“下水!”老师催促。

张超意欲迈步，而双腿却如灌满铅般沉重，望着这满池涟漪，胸中翻腾着轩然大波，仿佛这不是微波荡起的游泳池，而是波涛汹涌的洞庭湖，那一串串由同学们的挥臂拨起的水花，在他眼中竟成化为排天浊浪。

“下去吧!”一名爱打趣的同学顺手一推，将张超推下水池。张超惊慌失措，像一头被人强按着喝水的黄牛，四肢本能地乱划乱打，全没了陆地训练场上的潇洒自如。

“张超，上来!”老师发现事有蹊跷，便伸手将六神无主的张超拉上池岸，坐在池边长椅上拉起了家常。这才了解到，由于张超前三名哥哥均为早夭，其中二哥、三哥为溺水而亡，父母严禁张超下水，使张超幼小心灵便打上恐水烙印，谈水色变，视水为魔!

“不能完成水上训练科目，你怎么能当飞行员?”老师直言相告。

“老师，我要当的是空军，不是海军呀!”张超的理由似是而非。

老师的话语重心长：“国家培养一个飞行员不容易呀!恐惧下水训练，带来的直接后果就是停飞!”

“停飞！”张超如同被烧红的铁钳猛地灼伤皮肉，不，灼伤的是心灵！他激动地弹了起来，怒视一池皱纹似的清水，心中翻江倒海，心潮澎湃！两行热泪潸然而出。是雄鹰就要学会水中生存、水中搏击，否则你怎么能搏击长空？”老师双眼直视张超双眼，师生四只眼睛传导着勇气与信任。

男儿有泪不轻弹！张超在训练场上流过汗，流过血，唯独没有流过泪，然而这一次他泪洒泳池，他用坚定的信念抗击着积习已久的对水的恐惧，这种恐惧不仅是他一条生命的恐惧，也是一个家庭的伤痛，是全家人解不开的心结呀！水，对于他家来说，是索命的死神，是残酷的杀手。为了追逐翱翔蓝天，保家卫国的壮丽理想，他要踏平恶浪，推开“死神”，搏击“杀手”，破浪前行！

摆脱自幼形成的恐水症，是一场挑战自我，宣战自身，以自我为征服对象的顽固心理战，它不是一蹴而就，一击就倒的。有道是，人生最难战胜的对手是自己，走出旷日持久形成的，同时又是由创巨痛深的悲剧性伤害所导致的幽灵一样若有若无、时隐时现的心理阴影，只有信仰特别坚定，理想特别稳固，内心足够强大的人，才有可能不依靠外在的心理干预而自我调适，自我冲刺，自我突围，走出心理阴影而步入心理阳光地带。

教官的激励，同学的鼓励，使张超勇气倍增。“张超，下水！”随着教官的口令发出，张超坚毅地跳下泳池，在同学们的搀扶下，他步履蹒跚意志坚定地走向深水区……

20 天后，张超以优异成绩通过水上训练，谈水色变的旱鸭子华丽转身为水上蛟龙。

2008 年夏天，张超将告别这所英雄的大学。祖国的浩瀚蓝天，呼唤着这只羽翼渐丰，志在九霄的雏鹰。

在繁星和华灯之间穿行

山海关，天下第一雄关！

作为明长城的东北重要关隘山海关，与两千里之外的嘉峪关分峙东西，遥相呼应，素有边塞之咽喉、京师之保障的美称。明代书法家萧显所书“天下第一关”五字雄浑大气，笔酣墨饱。据民间传说，其中“一”字并非同时书成，而是将写有其他四余空留“一”字空间的匾额先行悬挂于关楼上之后，萧显蘸足墨汁的巨笔潇洒一掷，笔锋精准击中匾上空白处，形成这苍劲有力风情万种的“一”字。另一说是萧显受题匾之邀后，并未立即挥毫，而是闭门吟诗，静养心中浩然之气，

书写时，在丈八白绢上，疾徐有致闪展腾挪，其势时如饿虎扑食，时如灵猿攀枝，一阵翻江倒海之后，围观的吃瓜群众发现匾上风起云涌，虎啸龙吟。等到大家气定神闲，这才发现“下”字少了一点。萧显随手撕了片白绢朝墨缸一丢，待其吸饱墨汁后掏将出来，以迅雷不及掩耳之势顺手一掷，墨团正中“下”怀。人们再看那一点时，周围墨汁喷溅，神韵天成。

张超和聂元闯在这个训练基地得天独厚地领略了这天下雄关镇海卫京的昂扬气势和担当精神，度过了一道又一道的难关、险关！

张超十分感谢训练基地 51 个飞行训练日，他以航空大学高材生的理论功底为基础，以天下第一关赋予的气势为本，谨慎操作，大胆飞翔，圆满完成了仪表、起落、特技、攻截击、空战、升降、地勤等几十个飞行科目。

夜间起落，是飞行员训练中的一道难中有险，险中最难的难关、险关！

喷气式歼 -6 歼击机在 20 世纪由我国研制的歼击机中曾有过辉煌和风光，但在科学技术日新月异飞速发展的今天，这种机型就成了最好的磨炼飞行员意志，消耗其体力的“良机”。它的指针仪表仍然是机械式操作，操作几乎近距原始，比当今越来越先进的综合航电系统有着霄壤之别。

当张超遇上歼 -6，还来不及皱一皱眉，就争分夺秒地开展攻关夺隘，理实一体地钻研。他听说过萧显挥毫泼墨“写天下第一关”的故事，他懂得飞行就像萧显运笔，胸有浩然之气，笔才有千钧之力！过关夺隘是为了实现报国强军的梦想，而不是为了蒙混过关的高分。

尽管张超的飞行技术一直在同批学员中出类拔萃，理论成绩也可谓鹤立鸡群，堪称学霸，在训练基地，他还是手不释卷，发愤钻研。飞行训练时，他的飞机起落平稳流畅，像是写在碧海蓝天的一首抒情诗。

“5 分”，带教教官赵健打出了最高分。

“不会吧？赵教官是位赋分的‘阿巴贡’，给我们打 4 分，我们就偷着乐了，怎么这次给张超打了 5 分呢？”

山海关的夜，恬静而壮美。机场上空，灯火通明。灯光映出桦树林的挺拔多姿，辉映白杨树摇曳生风。当张超驾起战鹰俯瞰这座古朴雄浑的海滨城市，一个个城镇村落灯火或辉煌或阑珊，一条条笔直的公路举着两排路灯向着天际延展，与天上的银河连成一片。在地面尚可依稀分辨天上人间，但从空中俯视，却很难判断哪是地面的街灯路灯，哪是天上的闪闪繁星了。

此刻，张超正要准备驾着歼－6 飞机遨游夜空。这是新飞行员夜航课目单飞训练，而且是第一次夜航。张超知道，夜航与昼航相比，最难的不是起飞，而是着陆。他想起家乡一句俚语："下不得地"！这句极富湖湘风味的话。通常用来作为程度副词，相当于"了不得""真难"或其他。张超心中只有一个念头。"既要上得了天，又要下得了地！"

"张超准备！"指挥塔发出指令。

"张超请示起飞！"作为第一批第一架次单飞的第一位，张超早已检查飞机，进入座舱，脑际的天幕上放着实施程序，参数数据，与此同时，他一丝不苟地完成了起飞前所有规定动作，做好正式滑飞前的精神准备。

战友们对张超第一个夜航表现出群体性的羡慕、嫉妒，但不是恨！爱还来不及呢！他们爱张超的阳光爽朗，爱他对飞行技术钻研的执着，爱他对战友的谦和友善，爱他传授心得时的毫无保留。爱他和大家谈飞行体会时的眉飞色舞，滔滔不绝。他们希望张超夜航成功，因为如果成功，他们准能分享到张超从湖南带来的"妈妈的味道"，香喷喷的腊鱼腊肉。

"01 准备，01 准备！"

"01 明白！"

“01 计时起飞”，指挥台的指令干崩拉脆！

“01 明白！”

推油门、拉杆、升空，张超得心应手，势如行云流水。战鹰欢畅地鸣叫着，刺破茫茫夜空。张超像是骑着骏马奔驰在千里草原的骑手，真想顺手牵羊地摘下几颗星星，但是很快被他理智制止了——假如真正有羊可牵有星可摘。

按钮密布的仪表，是战机全身最敏感的心电图，张超根据仪表参数判断和保持飞机运行的状态。此时此刻，心无旁骛的张超没有一秒的懈怠，他唯一想到的是精准操作，平稳着陆。

别了！天上的繁星。近了，地上的华灯。张超驾驶的战鹰流畅地穿越星和灯的海洋，也潇洒地穿越了昼飞和夜航的界限，按照指挥塔台的指令，如一只灵巧的海燕，轻盈地掠过海空，平稳地着陆机场。

这是本场起航线第一个架次的完美夜航，这是这批新学员在茫茫夜空划出的第一条闪亮的弧线，这是张超在自己人生航道上的又一块礼赞青春芳华的里程碑。

就是这有惊无险的一飞，飞出了“夜间起落标兵”的殊荣。

高山难挡雄鹰志

两京锁钥无双地，万里长城第一关。

如果说家乡岳阳兼江湖和山岳之灵动巍峨，那么这里则是融角山、长城的威武豪壮和渤海的浩瀚雄浑于一体，熔山之阳刚，水之阴柔于一炉了。

到这个海军航空兵训练基地已经半年了，张超还没到过咫尺之遥的那个著名旅游景点山海关逛过一次，与他一同从空军航空大学毕业，又一同来到基地训练的战友聂元闯，发现张超还是像在航大一样勤学精飞，经常把自己绑在模拟飞行器上练习那些早已滚瓜烂熟的操作动作，实在困了，就在模拟飞行器上打个盹，假寐几分钟，又突然煞有介事地惊醒，随即无休止地反复训练，直到管理员催促下班，这才恋恋不舍，一步三回头地离去。

渤海湾的深秋，秋风萧瑟，洪波涌起，颇有曹操观沧海的苍凉、霸气，更有毛泽东的浪淘沙词的宏阔辽远。一片汪洋都不见，知向谁边……

“萧瑟秋风今又是，换了人间！”张超的星期天不仅有驾机的飞翔，也有思绪的飞扬。

“今天不谈飞行了，跟我谈起诗来了？”聂元闯对站在海岸礁石上遥望海天，诗兴大发的张超说：“这一段你似乎情绪有些压抑，为什么？”

“为什么？为那个470多次的大数据！”张超回头望了战友一眼，又转脸眺望茫茫大海，浩浩长天。

聂元闯懵了：“什么470多次大数据？”

张超回头朝他走来，神情有些激动：“鸦片战争、中法战争、甲午海战、八国联军……这一周学海防史，海军史、才知道西方列强从海上入侵我堂堂中华，竟然达到470多次！文明古国积贫积弱，被动挨打，灾难深重啊！”

聂元闯这才明白张超这几天为什么这么沉闷，这么愤怒，沉闷思考时像一头憋气的雄狮，发奋训练时像一只下山的猛虎！

“这都是历史了，今天的中国，早已是东方巨人，接近世界第二大经济体了！”聂元闯说。

张超应道：“是的！但是历史的悲剧不能重演！那些自以为不可一世的超级大国，甚至某些狂妄无知的蕞尔小国，无时不在觊觎我领海、领空、领土。作为共和国的军人，唯有毋忘国耻，枕戈待旦！”

“说得好！”聂元闯一向敬佩张超的忠肝义胆，也钦佩他的学识才华。“张超，你看，那片海连着那座山，而山上还有烽火台的遗迹。”

“那是万里长城的入海处。这里北倚燕山，南临渤海，两京锁钥。”张超口若悬河，滔滔不绝，“称这道雄关是中华之魂，当之无愧呀，哈哈！”

聂元闯有些不解：“你我都是理工男，你怎么懂那么多？老师说，长城是军事防御的杰作，你怎么看？”

张超谈锋更健：“不错！长城修筑的历史可上溯到西周，春秋战国列国争霸，长城建筑形成高潮，而秦始皇统一天下后连接、修缮战国长城，才把断断续续的城、障、亭、标、烽火台连成气吞万里的长城。在冷兵器时代，长城靠它的巍峨、坚固和报警狼烟的信息传播迅速等功能，能有效地防御劲敌的进攻。今天，我们还得将长城筑上蓝天，筑上海洋。你我就是海空长城上的一块砖一片石，一坨钢铁，哈哈哈哈！元闯，你说，我们的身躯和信仰都砌进长城了，难道我们不应该自豪吗？”

一波海浪涌来，如千万条白色蛟龙撞击海岸的礁石，激起一排冲天而起的浪花与白沫。一群海鸥被海浪点燃了亢奋，高叫着，低旋着，好像要邀请两名飞行员参与他们的关于翱翔海天的高峰论坛。

临近训练结业了，学员们再次面临新的选择。这是一次重要的选择，它将关系到每个学员的人生设计，发展方向，甚至前途命运。

又一个双休日的上午，带飞教官杨龙泉来到训练场上，静静地伫立一旁，等待那个把自己绑在模拟飞行器上的湖南“骡子”张超。这么好的晴天，不少同学在登长城、观沧海，享受著名旅游景点的视觉愉悦。而张超肯定还在自我加压，独自苦练。

“张超！出来！”杨教官叫道。

模拟飞行器上的张超解开绳索走下来，满头大汗地站在杨教官面前。

“快，擦把汗！”杨教官递上一张餐巾纸。

“不用！”张超嘿嘿一笑：“不够！”

杨教官亲手为张超一面拭汗，一面单刀直入，“训练快结束了，敢问路在何方？”

“哈哈，老师是想唱歌吧？哈哈！”

“别跟我打哈哈！老师告诉你，敢问路在何方？路在脚下！”杨龙泉一脸严肃，两眼如炬直视他的这位得意门生。

一向思维敏捷的张超此时却如子弹卡了壳，木讷讷地问：“老师，路在脚下是什么意思？”

“别人都懂，就是你不懂，”杨龙泉拉着张超的手，找了条凳子坐下，说，“张超哇，凭你的理论功底和飞行技术，非常适合当一名带飞教官哪！”

张超不知是不解还是不服：“老师，你是说我不能当驾驶战斗机的飞行员啰？”

“傻瓜！既然能当带飞教官，当然能当飞行员了！但是，我的意思是，你可以选择留在基地任带飞教官。”杨龙泉干脆摊牌了。

“不！我要去部队，我要当飞行员！”张超不假思索，脱口而出，情绪有些异乎寻常的激动。

“基地教官也是军人，也是为强国强军而培育英才，使命神圣，同当飞行员一样光荣！”杨龙泉也激动起来。

“杨老师，您误会了！”张超急了，“我不是说当飞行员光荣，当教官就不光荣，我是说，我要到海防空防一线去飞，驾着战斗机去参加战斗，而不是模拟！演练！”

“张超！你冷静！”知生莫如师，杨龙泉深知张超的志向，但仍在努力地劝说，“张超，留下当带飞教官，这实际上是基地首长的意图，我呢，不过是打个前哨侦察战。基地驻地又是生态好、风景美、交通便宜的宜居城市，无论是事业发展还是今后的家庭设计，都是上好的选择。再说基地教官的各种待遇都很高，像你这种品学兼优的同志可大展鹏程……”

“老师”，张超居然打断老师的话头，态度也愈发生硬，“我不在乎待遇的高低，就是要去当飞行员，开战斗机！”

“张超哇，你的几个哥哥……”杨龙泉说到这里把下半句又咽了回去，“伤心的往事就不说了，你也为生养你的爹妈想一想，他们多么希望自己儿子健康、平安呀！”

张超沉默了！他想起了爸爸不准他玩水的训斥，他想起了妈妈为他的一切忧虑的眼神。

他长大后去过箩口南沅村，去看过那个被爸爸用极端方式摧毁过的老宅的废墟。

废墟上杂草丛生，每根草都是像伤心之地长出的悔和痛。他的爷爷、姑姑还住在南沅村，那里还不富裕，前不久村里修路，张超还从工资中省出了一些钱，托爸爸捐给村里。是的，每个家庭都渴望平安，每条生命都需要精心呵护，但是经过高等军事院校培育过的军人大学生，胸间装着的早已不仅仅是那个山清水秀的南沅村，也不是巴陵橡胶厂那种邻里和谐的筒子楼，而是祖国天上的安全，是天下的苍生！

杨龙泉观察到了张超这细微的情感变化，乘势往下说："张超，你知道吗？战斗机飞行员的确是高危职业，职业危险系数你也清楚，在父母心目中，儿女的生命安全，比他们自己的生命更重要哇！"

张超不再沉默了，语气也更笃定，更坚决，"老师，我知道你关心我，你关心我的全家。但是，如果国不安全，家还安全吗？如果大家都去关注自己和家庭的危险系数，那国家的危险系数谁来关注？"

这是一次推心置腹的师生对话，这是一次倾吐衷肠的真情告白！

杨龙泉被张超的无私和大义折服了，他拍了拍张超的肩说："我懂了！雄鹰的翅膀，高山峻岭也挡不住！飞吧，老师支持你！"

张超笑了："哈哈哈哈！理解万岁！谢谢老师！"

第三章　亮剑南海

志在天涯

“填表了！填表了！”训练基地的学员们终于盼到了这一天。对于他们来说，这一张表意味着他们人生的又一次重大选择。

“张超，你选择去哪里?”聂元闯抽出派克笔拧开笔帽，埋头写了两个字又抬头问张超。

张超只顾填表，他的笔尖在纸上舞蹈，心灵追逐着笔尖的指向，没注意到聂元闯的问话。

“张超!”聂元闯干脆边走过来边问，“你的志愿是什么?”

“你看吧!”张超神采飞扬地举起手中的表，像是托起心中的一朵白云。

聂元闯一把抓过递过来的表一看，一行刚劲有力的字迹跳入眼帘——“南海舰队航空兵某团。”

“你为什么选择这个团？驻地天遥地远的。”

“远？这里离我的心最近！哈哈！”

“怎么讲?”

“因为这是王伟生前的英雄团，哈哈!”张超双眼放光，心驰神往!

聂元闯这才想起，张超曾数次与自己聊起海空卫士王伟。

张超心潮起伏，思绪万千。此刻，他思维的骏马奔向2001年4月的巴陵橡胶厂的筒子楼。17岁中学生张超目不转睛地望着家里那台14英寸的电视机，央视新闻正在讲述王伟的惊天壮举：4月1日，一架美军飞机非法侵入我国南海领空，王伟奉命驾机起飞，为了惩戒悍然入侵的空中狂人，为了捍卫祖国的神圣尊严，毅然决然地驾机与来者不善的美机轰然相撞。

这一撞，撞出了中国军人的血性。这一撞，撞出了中国领空领海和领土不可侵犯的神圣宣言。这一撞，撞出了维护海空权最前线的飞行战士的使命所系，价值所在。这一撞，点燃了张超守卫国门，遨游海天的最初梦想。

职业——战斗机飞行员。航向——王伟飞过的航线。最喜欢的歌——《我爱祖国的蓝天》。张超心里早就填好了一张表，这张表的衬底是九百六十万平方公里的壮丽河山!

聂元闯也清楚地记得，在长春，在山海关，他多次听张超聊王伟，聊飞行员的使命与担当。他曾经要张超一句话概括对王伟的评价，张超不假思索地说：“纯爷们!”掷地有声，一字千钧！大俗大雅，至真至纯!

“那好！张超，你也是纯爷们！你的选择就是我的选择!我跟你一道，去王伟那个英雄团!”聂元闯提笔填表，一挥而就。

两双手紧紧握在一起，久久地。

海南岛之夏，繁花似锦，椰林摇风。依偎在蜿蜒海岸的红树林，如火如霞。空中弥漫着菠萝香蕉的甜蜜和清香。湛蓝的天空上时而悠然飘逸的白云和蔚蓝海面上偶尔昂然驶过的舰艇相拥相吻，把深邃而多情的气氛，张扬在海天之间。

南海舰队航空兵某团，就驻扎和守卫在这片多情的土地、多情的海域、多情的天空。

出身于中南，求学于东北，训练于华北的张超，首次来到这被称之为天涯海角的地方，倍感祖国幅员之辽阔、战士使命之神圣！放眼山川风物，耳闻鹊唱鸥鸣，心花与鲜花竞相怒放，心海与南海一齐激荡！他想，自己虽然已有了五年军龄，军衔也到了中尉，但是到一线部队才刚刚开始。他暗下决心，以新兵的姿态，写好新的一页。

新兵宿舍，整洁而规范。在这里，闻得到花香，听得到涛声。张超和聂元闯又同住一室，这一对结缘于长春的同学、战友和兄弟，可谓棒打不散，看来就连琼州海峡的十二级台风也吹不散伙了！

床还没铺好，寝室里走来一位英俊威严的军官，两杠三星，莫非是团长？张超和聂元闯同时放下手中的活计，立正敬礼："首长好！"

上校举手还礼，随后粲然一笑："你们好，欢迎你们！"

张超："新兵张超向您报到！"

上校伸手与张超相握："你就是张超？好！像个兵！"

张超一指聂元闯："聂元闯，他也像个兵，嘿嘿！"

聂元闯有点紧张：“对，我是一个兵……一个新兵！”

“你们不是一般的新兵，而是受过四年高等军事教育和一年专业训练的，有文凭、有知识、有文化、有技能的新型军人！”上校像在作学术报告，又像在与两个小伙子拉家常。

聂元闯试探着问：“首长，您是……”

上校示意他俩坐下，待两个愣头青刚坐好，又和蔼地说：“我是你们的新战友，团长邱伯川。”

张超、聂元闯同时立起：“邱团长好！”

邱团长又一一按着他俩的肩膀示意坐下，“我也坐，坐下来聊聊。张超，听说训练基地有意向留你当带飞教官，你却选择来我们团，为什么？”

“我就是冲着王伟来的！”张超情不自禁地再次立起，面色显得异常凝重、严肃，呼吸也急促起来。

“好！”邱团长不仅没有再次将张超按回座位，反而自己兴奋地站起身来，朗声说道：“海空卫士王伟捍卫国家主权和民族尊严，敢于空中亮剑，不惜牺牲生命。王伟是我们团永远的骄傲！”

“向王伟学习，为英雄团增光！”张超和应声而起的聂元闯异口同声。

这是一次难忘的官兵初遇，这是一次推心置腹的无法平静坐稳的“坐谈”，这是一次掏出初心的汇报，这是一次小规模大情怀的逐梦海天的誓师！

送走团长，张超和聂元闯仍然心潮澎湃。要不是有纪律要求，他俩真想连夜看遍驻地和机坪跑道，仿佛要追寻王伟的足迹和航向，扑向浩瀚高远的蔚蓝！

第二天上午，迎着南国的骄阳，张超和战友们走进这个英雄的机场。

长长的跑道，先是笔直地向前延伸，然后优雅地转了个弯弧，像是画在海天之间的一个硕大的问号。来自洞庭湖畔的张超多次阅读和朗诵过屈原在流放湖湘时所著的《天问》，“遂古之初，谁传道之？上下未形，何由考之……”他也琢磨过屈原仰天长啸，频频发问的包括天地万物、人神史话、政治哲学、伦理道德等一百七十多个问题，屈原上下求索、探求真理的精神，作为湖湘文化的源头之一，已润物无声地注入张超的思维和血脉。面对眼前这个横亘在蓝天下的“问号”，对于新来乍到而又勤于思考的张超来说，仿佛在问什么是军人的使命和担当？怎样扛起这一使命与担当？

“呼——”一架架战斗机腾空而起，扑向辽远的海上空域。张超目送战鹰远去，好比骑兵听到战马嘶鸣，好比炮兵听到万炮齐轰，张超的心也振翅欲飞。想着王伟就是从这里一飞冲天，飞向那片神圣的海空，飞向生命的永恒的，这就是他张超的人生航向。

转　换

“张超，我有个问题向你请教一下！”

“别插队，我先来！”

两位战友正在争先，张超的手机铃声骤响，一接，又是战友约他探讨解决飞行中遇到的问题，“我这算预约专家门诊，你一定要安排好时间哟！”

不错，张超的宿舍简直成了飞行技术门诊部，床铺成了模拟空中飞行作战的小沙盘，而同寝室聂元闯则成了门诊部导诊员，把脉问诊开药方的医生自然是飞行尖子张超了。

在张超所在的航空兵团，每月都有一次空、地勤联合进行的飞机维修维护。张超意识到，参加飞机维护，是极好的熟悉飞机性能、构造的良机。

除非执行任务，他总是主动参与这项活动，热心地与机务官兵一道细心擦拭飞机，就像为亲人和战友擦身洗澡，还生怕用力过猛，弄“痛”机身。最让他开心的是，此时是他向机务人员虚心求教飞机原理、构造和故障排除技术的机会。

由于配合默契，勤勉热情，机务人员自然投桃报李，毫无保留地授之以理论与技能，长此以往，张超对战机构造及原理如庖丁之熟悉所解之牛，练得凭听觉、触觉甚至第 6 感觉就能准确判断飞行中各种故障，加之他热情豁达，乐于助人，所以他的宿舍成为“门诊部”也就顺理成章了。

在这个团五年多内，张超凭自己超凡脱俗词的感悟和敏锐，向机组及时反映了 10 多个飞行中遇到的故障隐患，而且在地面维修时也多次“诊断”出飞机极难发现的隐患，避免了数次可能出现的事故。

张超故乡流传一句俗语：“船到江心补漏迟”。然而战鹰凌空如出现意外故障，那可比“江心补漏”危险百倍！张超就是以百倍的预警意识，要求自己像爱护自己的眼珠乃至生命一样爱护飞机，硬是把自己百炼成钢，成为大家公认的既会飞行克敌制胜，又懂飞机还会护机的高智商高技能空勤。

那是一个万里无云的晴天，张超驾驶着战机惬意升空。

他细心地观察各种仪表，一切正常。即使如此，他也没有像时下飙车一族快意兜风时的春风得意，仪表是正常的，但他觉得自己的思维缜密的大脑乃至异常敏捷的全身就是一架更为精密灵敏的仪表，这架“仪表”能出神入化地感知飞机、气象等一些常人所无法察觉的问题。这不，此刻，张超感觉到了飞机飞行时“喘气”的沉闷，比之过去同样的速度。

此时飞机显得有些吃力。他精准应对，谨慎返航后，立即向地勤保障机组反馈上述情况。准确无误的描述，富于针对性的预测分析，使机组人员在全面仔细检查飞机后得出结论，左发动机燃油系统某部件出现故障，引起燃油燃烧欠充分，导致飞机速度受阻。如不及时排除，让飞机带病上天，后果不言而喻。

战友们说，张超与他开的战斗机已经融为一体，他的心脏就是飞机的引擎，伸开双臂就是展开的机翼，他的超常灵敏聪慧的大脑，不正是战机精良敏锐的电子仪表系统吗？难怪不少人赞美张超“风度翩翩，仪表堂堂!”

2009 年 6 月，从北国到琼岛的张超，成为王伟生前战斗过的英雄部队里第九批改装某新型战机的新员。新型战机的每一次改装都是一次技术革命，也是一次对传统的拓展甚至颠覆。张超的扎实的理论功底和创新的思维和精神，投入这场把图纸画在蓝天大地的革命，理论与实践获得同步丰收。飞行大队设立的“精飞先锋榜”上，张超总是名列第一。

无论在空军航空大学还是在训练基地，在作战部队，张超苦练精飞不是偶然为之，名列第一也不是偶然见之，而是一以贯之，习以为常。

辅之苦练、精飞的是勤学和多思。张超的理论功底之扎实有如土壤之肥沃，楼基之稳固。唯其如此，精飞先锋之大树方能扎下深根而茁壮成长，就像遍布琼岛用盘根错节深深吮吸大地乳汁的榕树。张超一刻也没有放松过理论学习，还动手编写教材。多思也使他获益良多。他躺在床上也在思考动作的设计，测判两个以上动作的优劣。甚至在半睡半醒、似梦非梦之间体会操纵杆的手感，看仪表的心感。歼击机飞行员的成长是艰难的，而淘汰也是极其残酷的，这个行业的准入不相信眼泪，不会因为谁的演讲催人泪下而降低门槛，也不会因为谁的壮志凌云而让其带着身体、技术和心理条件的缺陷允许其登机。多少飞行员过了“五关”斩了“六将”，还是功亏一篑与蔚蓝的天空作别。因此，进入飞行员这个阵营的确是“天之骄子”，而张超又是“骄子”中的王子，他不仅在课堂上对教官的提问对答如流，有时也颇有独特创意，而且几十个科目他项项成功单飞。

张超是一面旗帜，一根标杆。兄弟大队干脆直接提出，只要飞过张超就是成功，就是优秀，就是胜利，就是一种荣耀！

然而飞行员们都知道，飞过张超谈何容易？只要能与张超长空比翼，就谢天谢地了！

张超深知空中遇敌不能孤军奋斗，也知晓和拥有“一花独放不是春，万紫千红春满园”的道理和胸襟。他不仅乐于回答战友们的提问，还牵头成立学习小组，针对飞行训练中遇到的实际问题，查资料，谈体会，悟出道理，找准症结，对症下药，往往着手成春，手到病除。

歼－6战斗机机型很小，飞行速度快，一飞冲天，如箭离弦！驾驶难度之大可想而知。不少新学员都有与生俱来的恐惧感，由于精神高度紧张，总是下意识地紧紧攥住驾驶杆，把这根钢铁铸成的杆当作救命稻草，殊不知机身越小越需精准掌控驾驶杆，只有轻松自如掌握这根钢杆，才能游刃有余地掌控飞机，掌控战机，掌控蓝天的一切。正如书法家举重若轻地握住毛笔，才能潇洒自如地挥毫泼墨，出神入化地笔走龙蛇！

他对同批学员，新来学员们耐心讲解驾驶杆的掌控技术，现身说法地示范什么是轻松自如，怎样在推拉时感受驾驶杆的作用力和反作用力。

新学员们的心窍被张超的热忱点亮了，驾驶实践中，即使单飞长天也能轻松自如地掌控驾驶杆，熟能生巧地掌控飞机了。

在改装新型战机的实践中，张超对自己的要求严格到了苛刻的程度。团里确定的改装计划是他奉行的铁律，教员的每一个要求他都不折不扣地完成，把每一个地面苦练当作考试，把每一次天空精飞当作实战。

教员们均可作证，张超学习理论钻研甚深，不满足于弄得“三清一透”，还自觉研究发动机滑油故障、飞机机械故障等实战中可能出现的问题。他的思考比一般的飞行员要多一些，也更深一些。

2009年，在张超的人生旅途中，是一个重要的驿站。就是这一年，他不仅经历了从北纬40度到贴近北回归线的地理方位的气温、生态的转换，他还完成了一个军校大学生到真正的军人的转换，完成了一个训练基地学员向一线作战部队飞行员的转换。也正是在这一年，他终于实现了崇高的夙愿，在党旗下举起右手庄严宣誓：“为共产主义事业而奋斗终身!”

张超的父亲张胜华得知儿子入党的喜讯，高兴得打电话给张超的舅舅：“把你的那瓶湘窖拿来，超儿入党了，一起庆祝一下，今晚我请客!”

李节约也乐了：“你请客为什么要我出酒?”

张胜华说：“你是老兵，也是老党员，超儿入党了，你这个舅舅也光荣啦!”

较劲

一向谦和宽厚的张超，这一天却一反常态，变得固执起来，尤其是自以为是分毫不让的态度，在常人看来已近不可理喻的程度，与平时判若两人。

张超与人发生争执，不为别的，只会关乎飞行实战。

这一天，研练的主题是某种新型导弹在实践中的打法，参加演练的阵容呈豪华版，座上有不少多次参战，经验丰富的资深“老飞”。这支部队正是因为有了不朽的王伟和这些依然战斗在南海对空作战一线的空中勇士，才会赢得军中盛誉和社会美誉。

在这些飞行权威面前，恭谦有礼的张超向来是毕恭毕敬，而且对他们的业绩和经验心悦诚服。然而，哑炮也有炸响的时候。可不，今天研讨作为指定空域发射点发射的新型炮弹。

在该空域突然出现大量浓积云的情况下，如何精准有效地发射导弹？

张超就如一发哑弹突然发出了震耳的轰响。

“这还用得着研讨吗？”一位身经N战的“老飞”不假思索地说，“边界阵地锁定目标后，精准发射就是！”言之咄咄，掷地有声。

“对！也可以云中锁定目标！”另一位“老飞”气定神闲地补充，仿佛这场云中遭遇的空战就在云淡风轻的掌握之中。

“不！”这般阵势下，居然有人说“不！”战友们一看，此人竟然是张超。张超脸上常挂的微笑也突然消失，当前谈到的浓积云似乎全部聚集在他的脸颊和眉宇间。他双眉紧蹙，一口硬邦邦的话如连发的机关枪子弹夺膛而出：“空中战场上瞬息万变，浓积云出现更是如此，边界锁定理论上固然是好办法，但在实战中难度很大……”

“那是因为你实战参与太少，熟能生巧嘛，本事是飞出来的，不是吹出来的，战友们，你们说是不是？”

“老飞”不愧为“老飞”！飞起一脚将球又踢又向张超。

“是的，您说得对，身经百战自然会熟能生巧，我们年轻的飞行员应该向你们学习，向实战学习。不过我认为最佳选择是不要等到熬过多少年头，积累经验后再精准发射，而应该选择一种同样是从实践中获得的方法，缩短经验积累时间，达到同样的目的。”

张超似乎是绵里藏针，与“前辈”抬起杠来了。

“你的意思是凭先知先觉一步跨过别人多年积累的经验，直接走向成功？”

“哈哈哈哈!”人们被逗笑了。军队是个人在人际关系上无须设防的群体，战友们快人快语，实话实说。

最爱笑的张超不仅没有笑，反而脸绷得更紧，枪口般的嘴又“突突突突”地喷出火舌：“我不是否认经验，经验是宝贵的，但我认为现代战争光靠经验恐怕不行，而是经验也得以更快的速度更新……”

这一下可算在太岁头上动土了，你一毛头小伙子出校门才几年，竟然班门弄斧谈什么“经验也得以更快的速度更新”，你是不是干脆把我们这些你认为过了时的“老飞”也一并“更新”算了？这还是那个谦虚上进有礼有节阳光坦荡的小伙子张超吗？那铺天盖地的浓积云是不是全钻到你张超心里去了？

是的！此刻，张超的大脑如雷达一般飞快地搜索着。他虽然不敢和“老飞”们比经验，但他也并非一张白纸毫无经验，他与别人不同的是，面临突如其来的浓积云，他用逆向思维寻求精准发射导弹的对策。他有过自己独有的体验而且获得成功。面对“前辈”们的不理解，他不能虚假地“尊重”而放弃争辩。他必须据理力争，辨明是理，提升自己和战友们的战斗力。

他顾不了什么“面子”“里子”，千条理万条理，有利于强军就是硬道理。想到这里，他不仅不让步于一位“前辈”，而且居然还把另一位“老飞”也稍带进来，辩论场上再起烽烟。

“还有，云中锁定目标的方法也有问题，强行穿越往往看不清目标……”

张超的话还没落音，被挑战者放马来战："什么叫'往往'，你经历过多少次'往往'？俗话说，我走过的桥比你走过的路还多，我飞歼－8的时候，你还在游乐场坐飞机吧？"

"哈哈哈哈……"又是一场哄堂大笑。

张超的嘴角还是没有翘上来，而是往下拉了两下，这两下细微的动静源于他的老同学刘远畅暗暗踩了他两脚。

张超理了理有些混乱的思维，深呼吸一口气，像是要吐尽深纳于腹中的浓积云。

"不瞒各位前辈老师说，我曾经在空中观察过浓积云，做过目测，在宿舍也曾在电脑上和纸上测算，如果出现浓积云干扰，驾机可以从指定空域正下方锁定目标后迅速力求垂直地跃升入云，然后根据一定高低参数果断发射，往往更有利于击中目标。"

"越说越神了，你这是赵括布阵，纸上谈兵！"

"听起来很完美，但是实战是打仗，不是演讲赛，更不是狗戴帽子——碰中的！"

研练现场七嘴八舌，冷嘲热讽。"老飞"们并非恶意嘲弄这位平时很好，今天"好狠"的年轻人，而是战术上确实差异甚大，而军人是直爽豪迈而著称于世的人群，那么"浓积云"之争的火药味，人们闻着也不觉奇怪了。话语权在"老飞"们手里，张超的固执终于成为当时大家的共识，但他的观点却没有成为共识，而被当作年轻气盛信口雌黄的笑谈了。

天有不测风云，研练会不久，老天爷还真导演了一场浓积云中实战射击演练的活剧。

这一天，导弹发射上空空域，大片浓积云似乎听到紧急集合的号声，突然来此聚集，一时间天昏地暗，驾驶着战鹰执行实战演练任务的张超等接到发射导弹的命令。一架架战斗机呼啸而起，按照传统发射战术，几名飞行员实施在浓积云边界，锁定目标，迅速发射，均放了空炮。

又一架战机再度出击，采用同样方式发射，又没射中目标。现场观战的战友们震惊了，演习中放空炮不过是浪费了几枚导弹，而实战中如果一而再、再而三地放空炮，带来的可是单机或是机组甚至全军覆灭呀！

轮到张超出击了。通过指挥塔台和现场直观，战友们看到张超驾着战机腾空而起，如一只搏击长空的雄鹰，升空后以迅雷不及掩耳之势，从浓积云的重重裹挟中垂直下沉，精准瞄准目标后，又如一道逆天而上滑过的闪电，直线升空，随即果断发射，随着几道耀眼的光线闪过，报靶员兴奋地报告弹无虚发，全中目标。

张超用超常的大脑、科学的判断和果决的动作，完成了一个当代矢志强军的年轻战士对传统经验的潇洒跨越！

参加过上次争辩的“老飞”们，这回是心服口服了。

“这小伙子脑子好用！”

“这不是纸上谈兵，这是空中克敌制胜！”

张超呢，依然对“老飞”毕恭毕敬，他深知并且坚信这些飞行前辈的确经验丰富，每个人都是一部“实战史，”一部教科书。不以一眚掩大德，不以一次辩论论英雄。他懂得，战斗机飞行员这一行不相信吹，只相信飞！飞行实战经验是千金难买的财富，用现代科学理念和手段摸索和创造新的实战经验，是当代军人的必修课，是强军路上必须坚持的铁律！

从机械式到数字式的惊险一跃

第一代战斗机从第一次世界大战起飞，随即第二代、第三代战斗机飞入了21世纪的天空。那种多以木材加上布料蒙皮构成的，从单翼到三翼不等的，主要武器多半改自陆军使用的轻机枪的老牌战斗机，早已淡出军迷的视野，连同一线的炮火硝烟一道，化为了一道远逝的云中风景。

在春光长留的长春，在空军航空大学的校园，张超在航空史中用心灵触摸过第一、二代战斗机，了解人类为摆脱地心引力，驾驭立体战争所做出的不懈努力。张超在战争史、空战史中遨游，领略了只有他这样的学有专攻的天之骄子所能享受的大有可观的云海风光，也强烈地感受到国家和民族的尊严与国防科技发展水平息息相关。作为一名当代军人，战斗机飞行员，只有积极参与科技强军，才算真正扛起了使命与担当！

2013年12月，张超成为南海舰队航空兵某团第二批第三代战机改装新员，成为这个攻关团队最年轻的成员。其实，这已是张超第二次加盟“机改”了。2009年6月，张超刚从海军航空兵某训练基地分配到这支英雄部队，就凭品学兼优的毕业评语和训练基地鉴定，幸运地成为团里第九批改装某新型战机的新员。

古有诸葛亮初出茅庐第一功，利用曹操帐下夏侯惇骄兵轻敌，设下诱敌深入火烧博望坡。然而今非昔比，改装新型战斗机不靠排兵布阵兵不厌诈，只能靠脚踏实地潜心攻关，他把参与战斗机改装作为为科技强军出力的光荣职责，同时作为了解战斗机制造结构，掌握其特点、性能的极好机遇。

改装，伴随其始终的是无数次试飞。地面的攻关克难，空中的苦练精飞，张超总是一马当先。团里制订的改装计划，严格而缜密，教员提出的飞行要求，严厉而苛刻。张超面对这些总是不折不扣地执行、实践。他不仅被首长和教员乃至所有战友们公认为是在同批飞行员中最有飞行潜质和天赋，又是最能刻苦地做出后天努力的拼命三郎，其技术之精湛堪称完美，其探索之兴趣几近痴迷。在寝室，熄灯最晚；在现场，提问最多；在天空，飞得最美；在训练中，流汗最多。

综合衡量排行榜出来了，战友们不看也知道谁排第一。这一位干什么都敢拼命，第一个放单飞的是他，首批长机里排第一的也是他。

四年多后进入的这次改装，无论是技术层面还是战略意义都较之于上次是一次更大的跨越。

这是张超第一次接触最新型国产三代战机。好比骑兵听到了汗血宝马的嘶鸣，张超兴奋得满脸阳光灿烂，浑身如沐春风。“挑战最好的飞机，把最好的飞机飞得最好！”这就是一名王牌飞行员的坚定信念。“最好”二字如两团火焰，点燃了他的青春芳华。

部队给了他最好的机遇，他给自己定下最好的目标。

新飞机的操纵原理、操纵要领，既要从书本中学，更要从实践中悟。他忘了八小时之外，他停止了双休和假日的休息，一头钻进资料室，在书山攀登，在学海遨游。多少次遇到学习障碍，如攀援悬崖历尽艰险终于即将抵达峰顶，突然踩上岩石脚下一塌又跌落谷底。

跌入谷底的张超也应该懊恼过，沮丧过，从不讲脏话的张超心里也应该默默咒骂过这令他功亏一篑的危石，然而张超没有气馁，没有消沉。他默默地从谷底爬起，摸了摸被摔痛的腿，挺了挺不屈的腰，调整一下自己的思维方向，又另辟蹊径开始第二次攀援。就这样摔下又跌起，跃起又摔下，直至最后顽强地征服险峻，踏平坎坷，登上那无限风光的险峰。

张超曾把马克思的这段话写下贴在墙上激励自己："在科学上没有平坦的大路可走，只有在那崎岖小路上不畏艰险奋勇攀登的人，有希望到达光辉的顶点。"

张超努力地查数据，理思绪，读战例，阅图纸，画图形，记符号，笔记记了一本又一本，内容背了一遍又一遍。有一次张超和一位战友相向而行，战友见他嘴唇在动，以为是跟自己说话，正要回应，但没听清张超说的什么，侧耳一听，原来是他边走在边背诵技术资料。

张超的白纸本上，画满了各类技术示意图，飞机上数十个开关、电门、设备，他每天画上多遍。他不是用笔尖，而是用心尖作笔，用脑汁和血液作墨，在蓝天沧海和大地上作画。就这样像钉子一样挤时间，像疯子一样搞钻研，把各组技术数据、座舱内百多个开关、电门、按键、旋钮和仪表全部了如指掌，面对任何刁钻古怪的测试也能瞬息之间"一问明"，闭上双眼也能随时随地"一摸准"，仿佛整架飞机已嵌入自己的身躯，融入自己的灵魂。

理论改装结束意味着实战的打响。能否获得驾驶第三代机的通行证，还要看飞行员实际操作是否合格。四年前那次改装，张超成为同批飞行员中第一个放单飞的先行者。荣誉属于历史，挑战目标每天都在刷新，这一次能否飞好，是骡子是马得拉出来遛遛。

张超当然不怀疑自己超强的自信和能力，但是他半点都没有轻视放飞环节的艰难险阻。他深知在理论改装阶段所遭遇的凶险毕竟是在书本图纸上，而驾机飞行面临的凶险却是在天空，在大海，在无数的未知之中。

还是先把地面功课做足、做好，做到熟能生巧，练出肌肉记忆，除此别无妙法。

第二代机到第三代机的跨越，不是轻松随意地翻山越岭，跨越的可是航空科技领域的珠峰。单说仪表，第二代机仪表为机械式，当人类进入信息化时代的今天，仪表则顺理成章地演变为数字式了。这种革命性变化，颠覆性改装，要求实操驾驭者从头开始与之适应，直至得心应手，游刃有余。

为尽快完成第二代机到第三代机的惊险一跃，张超在飞机严格模拟测试的氛围中，反复数十遍地判读各类仪表读数，使之形成条件反射式的快速反应。第三代机的制动操作异常灵敏，实战中可谓差之毫厘失之千里。为了让在二代机上已熟练运动的双脚变得更为出“脚”精准，更细微地体现“举足轻重”，张超煞费苦心，甚至突发奇想，妙招致胜。

这一天，同寝室的战友聂元闯看见张超不知从哪里弄来一大坨橡皮泥，“张超，弄这玩意儿干什么？这是小朋友玩的东西呀！”

张超一笑："做个小试验，邀请你也参加，哈哈！"

说着，张超将橡皮泥揉成一团后对地板上一扳，"看，这就是第三代机的刹车！"说着伸出脚朝橡皮泥团踩去，边踩边用心揣摩，用不同的力度去判断踩刹车时不同情况所需要的压力，泥团踩扁了又重新揉捏，周而复始地轻踩重踩，直至踩出一双刹车精准而稳健的"神足"。

出奇招，想怪招，为的是驰骋海天放大招。功夫不负有心人，近乎疯狂的勤学苦练，张超终于以提前 4 个月完成新机改装的优异成绩，挺着第三代战机的驾驶阵列。档案资料上，载入了张超和战友们所创造的第三代战机改装多项纪录的艰辛和荣光。

改装不仅是驾驶战机机型的跨越，也是作为一名当代战斗机飞行员科技理论素养的飞速提升，也是其强军信念的再度铸熔，还是其心理和生理极限的又一次挑战。

强国先强军，强军先铸魂。毛泽东曾说过，"武器是战争的重要因素，但不是决定的因素，决定的因素是人而不是物。"这段至今仍闪耀着真理光辉的话，告诫人们人比武器更重要，然而当一代张超式的有信仰有抱负有血性有担当的中国军人，掌握了现代化的武器之后，国家和人民的安全更有保障，在联合国圆形会议室里，中国的声音即使不用麦克风也将震撼寰宇！

张超凭优异的改装成绩和良好的综合素质，在同批飞行员中脱颖而出，刚结束改装就被选拔进入尖刀大队，成为全团 6 名尖刀队员中最年轻而又颇锋利的那把"尖刀"。

呼啸发自胸膛

四月的海南岛，花团锦簇，燕转莺啼，棕榈招手，椰树摇风。

张超和战友们驾着心爱的银鹰飞翔在春风里，俯瞰湛蓝大海，仰望蔚蓝长天，享受着飞行员这个英雄群体独有的诗意穿越之美。

然而，2011 年 4 月 2 日的云海穿越，却少了些许诗意，而多了一份理性，因为今天的任务很特别，他们将要进行地靶实弹射击训练。

地靶实弹射击是一个高难度、高危险的训练科目，是提升部队实战能力的有效和必然途径。大重量起飞、大侧风起降、带弹起飞等，对参战官兵都是极严峻的考验。何况对于张超他们这批新改装飞行员来说，还是大姑娘上花轿——头一回。

尽管此前做过大量理论学习和模拟训练，那都是在教官的 PPT 上打靶，在自己的电脑上设计，属于货真价实的“纸上谈兵”，隔靶搔痒，不痛不痒！今天可是真枪实弹，而且作为技术尖子，张超还担负着“当头炮”的重要角色。

养兵千日，用在一时，张超早已成竹在胸。无数次的模拟，无数次的计算，总算到了检验成绩的时刻，自己不是早就渴望这一天来临吗？

然而当这一天真的来临，张超还是明显地感觉到了心口“突突突”地跳，是紧张，是兴奋？也许兼而有之。还有一个原因来自对自己的青春偶像王伟的怀念和敬仰。他清楚记得，昨天是海天卫士王伟牺牲十周年纪念日。每年 4 月 1 日，有人在莫名其妙地模仿西方过愚人节，弄点令人哭笑不得的恶作剧，也有人在为张国荣献上一枝花。

但是张超却认为这一天是飞行员的英雄节，是人民海军的雪耻日！只有建设好强大的海军和空军，只有筑牢一道用信仰信念和高科技高技能筑成的空中长城，只有让这道长城上每一块砖石都坚强坚韧坚不可摧，才能击破那些亡我之心不死的“大霸”“小霸”们的妄想。

想到这里，张超更觉得地靶实弹射击意义重大，敢打必胜，弹无虚发，才是一个人民的飞行员应有的职责和任务。他觉得此刻王伟在看着他，眼神饱含期许和鼓励，仿佛在说：“张超，好好干！前面的靶子，就是威胁我国海空安全的疯子，给我瞄装，狠狠地揍他！”

上午八时，一只银鹰矫健地掠过地面迅速升空，掀起一种带着琼岛花香的气浪，这是张超驾驶的战斗机。迎风起舞的椰林，争奇斗艳的春花，扑向他的视野，他却无心去欣赏。他精神抖擞地凝视前方，如炬的目光像是要洞穿“敌”方排兵布阵的奥秘。

张超的目光继续鹰隼般地往下搜寻，不放过任何一点蛛丝马迹。瞬间，他发现了若隐若现的靶标。靶标幽灵般徘徊在绿色的灌木丛中。海南岛的地面是没有裸露在外的黄土的，放眼鸟瞰，大野芳菲，绿波荡漾，茫茫绿波上的一只白色靶标，如一片冲浪的小白帆，又如一只低飞的海鸥，在浪尖上飘飘忽忽，似有似无。

“报告！张超已到达目标区域，请求射击一号靶”！耳麦中传来批准射击的命令后，张超架起战鹰一个饿虎捕食，转瞬之间完成标准的下降高度和稳健的匀速俯冲，随即屏住呼吸气沉丹田，精准地瞄准那游走的白色靶标，在这从高到低大起大落的运动中，举重若轻地掌握着战斗机，洞若观火地捉住战机，心细如发地校准目标，静如止水地测算射程，当机立断地按下发射按钮。“轰隆隆，轰隆隆”海空响起清脆而浑厚的炮鸣，大地立刻喷出白云般的烟雾。

一时间战云密布，炮火纷飞，观战群里，欢呼不绝。靶场架设着众人瞩目的射击监控视频上传来捷报：张超命中全部目标，首开纪录，先声夺人！

这是一个响遏行云的当头炮！

“张超，空中超人！”

“张超行，我也行！”

战友们士气高涨，勇气倍增！

一个星期之后，又一场实弹打靶在海南岛某地上空如期举行。这一次是全团空对空导弹实弹打靶，显然，难度比前一次成番增大。

张超依然是成竹在胸，这次他不是“当头炮”，但是他仍然担当着举足轻重的职责！为什么？谁让他是全团的飞行尖子呢？

张超驾驶的战鹰携带的是一种新型空气导弹。接到耳麦传来的命令，他一飞冲天，扑向目标空域。并按照作战计划编入机组。几分钟的编队飞行后，这一个空中方阵准时飞到靶场上空。

张超聚精会神地捕捉耳麦传来的命令。正如拳击运动员欲举拳袭击对手时，先要将拳头收回，以便更有力地出拳一样，张超欲擒故纵地下降飞行高度，然后迅速加力增速，如鹰隼迅猛扑向猎物一般飞入攻击航路，并娴熟自如地加载攻击数据。张超清醒地知道这是演习，但他脑海里浮现的是那些胆敢侵犯我神圣领空的空中蟊贼，是他们弄得南海频现恶浪，是他们搅得太平洋不太平！

“×号注意×号注意！”

“×号在×号在！”

“×号导弹准备，打开电门！”

“×号明白，×号明白！”

“×号锁定目标。”

“×号报告，目标锁定。”

“×号射击！”

张照心中波涛翻涌，但全身纹丝不动，只有那只按发射按钮的手指，精准而有力地平稳一按，一枚导弹喷射而出，带出一条光耀夺目的尾焰，如草圣张旭的一笔飞白划过海天。

说时迟，那时快！就在这一划一闪之间，导弹一路呼啸咬住那飘忽不定的靶标，随即一阵震耳欲聋的轰鸣声，震撼着琼州海峡，也震撼着全体参战官兵的心海。

“这枚导弹谁射的？那么精准？那么神速？”

“张超，飞行王子张超！”

2011 年 4 月，对于战友们来说，简直就是张超月！这不，4 月 22 日，由团里组织的 6 名新飞行员实施航空靶训练，又成了张超的空中用武之地。

内陆的四月还是暮春，而海南的四月早已酷热难耐了。这一天，琼岛上空乌云骤至，空中能见度瞬间下降。

数架战机一路欢歌，如一群无忧的飞鹰扑向长空，等待鹰们的是什么结果，鹰群中的鹰大多不甚了了。

但是有一只鹰从飞身入云就稳操胜券，这只鹰就是鹰中王者——张超。

指挥中心所有的监视屏幕上，机组运动的光标跳动，与地面指挥员们的心脏同频共振：空中的光标平稳，地面的血压自然平稳；空中光标起伏跌宕，地面心脏自然如野马脱缰。跳动，跳动，光标大幅度腾跌！光标的数据也变化无常！

天空乌云如万匹黑马，铺天盖地而来。拖靶机拖着方形靶标，如一道惨白的布条，在乌云的马群中时隐时现，若有若无！张超用一双鹰隼的利眼，一瞬间捕捉到了这道黑云中的惨白，随即报告："发现目标！"

"咬住目标！拉开队形，准备攻击！"指挥部果断下达命令！

为虎作伥的乌云不怀好意地拥挤着，幸灾乐祸地讪笑着，仿佛要吞没这个肩负使命的机组。张超圆睁的眼穿越乌云的"阴谋"，一步不落地咬住拖靶机，战友们同"仇"敌忾，众志成城，训练有素地列队疾行，冲击乌云重重包围飞抵预定空域后，战机编队呈现立即进攻的队形。

张超的双眼不知疲劳地死死盯住那片微小而微弱的白色，任凭乱云飞渡而来，阴霾连绵不断。乌云浓雾奔涌之际，张超以超长的定力将瞄准的光环渐渐地、轻轻地、慢慢地移动、移动、移动至靶标头，任凭己方与对方高速运行，但锁定目标始终不抖不移不偏不变！

“装弹，射击！”

随着一阵摇天撼地的轰鸣，一串炮弹对着空中漂移不定的靶标呼啸而出！

“张超！张超！”天上地下呼唤着同一个名字！

我就等你这句话

立体多维的海空战场，上演过无数威武雄壮、扣人心弦的大型实景活剧，其精彩程度绝对可以挑战张艺谋、王潮歌和梅帅元。

海空实战中，一个机组就是一个协同一致的整体，长机和僚机的配合需要高度默契，动作协调。外在的协调源于心灵的相通。有实验证明，孪生兄弟或孪生姐妹的确存在相互间的心灵感应现象。二战期间，欧洲战场上一对远隔千里的孪生兄弟，其兄在战场上中弹的同时，正策马驰骋的其弟立刻感到胸口剧痛，翻身落马。空战中的长机与僚机恰似形影不离的孪生兄弟，在瞬息万变的空战中，需要有敏捷的心灵感应，以互相策应，形成合力，正所谓长僚一体，所向无敌！

“张超，准备起飞，我陪你练练双机纵队筋斗。”教员卢朝辉命令。

“啊！双机纵队筋斗？”张超的眼神中掠过一丝不易察觉的惶惑。对于一个艺高胆大的飞行尖子来说，这是极少出现的细微表情。

阅人无数，心细如发的卢朝辉还是察觉到了。他想，张超一直以来都是属于胆大心细，无所畏惧的血性汉子，为什么今天会出现临阵胆怯呢？

张超自己知道原因：双机纵队筋斗是某型战斗机特技飞行的高难动作，行进中长机和僚机必须在高差十米内呈直线向上翻转，如同一机的身与影同步重叠，其速度、其角度、其姿势、其驾驶状态都需完全一致。高度差十米对于地面任何活动来说都不谓不宽裕，但对于高速飞行且上下翻飞的两架飞机来说，那可是极小的空间。如果双方任何一方把握不当，极易造成煮豆燃萁、同室操戈的后果，尤其容易造成飞行中的僚机进入长机强劲的尾流，酿成空中惨祸。在各国空中实战和训练中，这种现象时有发生。

此刻，张超思维的雷达搜索到这样的画面：某西方国家飞行员以双机或多机纵队，在各类航展或大型军演中，大秀特秀其飞行技术，哗众取宠、耀武扬威。

“你在电视中见过外国人炫这种飞行特技吗？看那些高鼻子翻来翻去，确实有点难度！”卢朝辉欲擒故纵，引而不发。

“外国人能，凭什么我们不能？”心直口快的张超脱口而出。

“好！我就等你这句话！”卢朝辉不愧为军中育人高手，带飞名师，“鼻梁高不等于技艺高，咱们中国人自古有‘艺高人胆大’之说，怕什么？无非是多思，多练！失败了也没什么了不起，那首歌唱得好，看成败人生豪迈，只不过是从头再来！”

爱唱歌的张超深受卢教员引用的歌词的鼓舞。此时他最想唱给卢教员听的一首歌曲是《什么也不说》。

张超并没有再多说一个字，但心中的怯懦一扫而光，代之而起的是高昂的斗志，是扎硬寨打硬仗的血性胆气！

卢朝辉连说带比画，讲了一番动作要领说：“我先示范一遍，你看看。”

卢朝辉驾起战斗机，轻盈地展翅升空，那风度，那气度，还有那通人性的机翼，那飘逸的航行线条，半点不亚于屏幕上军演中的外国飞行员。在张超的眼神中，卢朝辉驾驶的不是普通战斗机，而是一只矫健灵性的雄鹰。这只雄鹰在蔚蓝的天空傲视前方，突然一个接一个 360 度大翻身，潇洒自如，刚柔相济，快速而不紊乱，惊险而不惊慌。

张超看得入神，双眼如一架高清摄像机，一丝不苟地记录着每个细微的动作。外行看热闹，内行看门道。张超看到的不仅是卢教员及其驾驶的战斗机有多么可观的空中雄姿和令人眼花缭乱的技巧花样，通过这些张超看到了驾机者的挥洒自如的空中绝技，更看到了一位优秀的中国海军航空兵对祖国对人民的无限热爱和忠诚！

卢朝辉的战机连翻几圈后喘息未定，又像一只硕大无朋的圆规迈开修长的腿在空中优雅地画了两个圈，随后刮起一股惊天动地的旋风从天而降，如奥运体操冠军李宁结束比赛从容收式一样，战斗机如钉子一般立在地面，博得在场官兵一片喝彩。

张超还沉浸在学艺的过瘾和审美的愉悦中，竟忘了鼓掌，他的脑幕还在回放刚才的精彩，体味和反刍卢朝辉每一个动作内蕴的心理节奏和潜意识的细微变化。

“张超请求起飞，同卢教官共飞双机纵队筋斗！”

请求获得批准，卢朝辉为长机，张超为僚机。

围观的战友们立即炸了锅：“张超的常规飞行技术没说的，但这是高难度特技呀，行吗?”“如果看一遍就可以模仿双机纵队筋斗，那么我们看一次杂技表演就可以演空中飞人了!”“不，张超从不打无把握之仗，他心里没谱，不会冒这个天大的险!”

还有心思更为缜密的战友环顾四周，看见停有紧急救援车辆，心里似乎轻松了些。但是随着“呼”的一声，张超驾机追随长机腾空而起，战友们的心又吊到了嗓子眼!

长机和僚机如一对手足兄弟，衔尾相随跃上高空后，眨眼之间形成垂直相叠队形。随即，僚机一秒不落地与长机一道上下翻飞，像是一架单飞的战机在人们视觉中出现了叠影，四只刚劲有力的鹰翅合着同一节奏同时空翻。

豪迈、霸气、洒脱、自由！就连反射在机身上的光斑，也出现在同一秒、同一帧、同一处、同一闪展腾挪的感觉中。

空中的张超熟练地推拉着操纵杆，像是执掌着一根神奇的魔杖。魔杖看似在他手里，实际操控在他那灵慧而执着的心里，这颗心坚信中国军人的智慧和坚强，这颗心贴着国旗和军徽，这颗心与中华人民共和国的脉搏同步跳动，这颗心与人民群众的心心心相印。唯其如此，才能在高空高危状态下得心应手，心想事成!

张超想起中学时代在 14 英寸电视机上看珠海航展的情景。儿时的心驰神往，终于在今日圆梦。不，这仅仅是开始!蓝天无垠，学海无涯，现代战争的日新月异，要求我们不断挑战自我，挑战一个又一个的不可能！

今天的训练不是一般的实战训练，这是中国军人在将“兄弟同心其利断金”的古训，将当代战斗机飞行员的拼搏探险精神，酣畅淋漓地写在了碧海蓝天！

路见不平

军人自有军人的担当。不管是穿军装还是着便服，张超总是牢记“我是一个兵，来自老百姓”，路见不平一声吼，该出手时就出手，保护老百姓是军人的天职。

2011 年的一天，海南岛海口市明珠广场熙来攘往，车马盈门。这里当时是海南省建筑体量最大的商业中心。

张超很少来这豪华都市核心的商圈。今天，他特意穿了身得体的运动服，来这里给正在热恋中的女朋友张亚买礼物。想到秀外慧中，文雅温婉的张亚，张超心头涌过一阵暖流，脸上也荡起了微笑。

突然，张超脸上的笑容凝固了，像影视画面中的定格。他那双能看透浓积云的眼睛如一双利剑直指前方。有情况！一名穿着格子花衬衫的年轻人急步靠近一名中年女子。年轻人装着漫不经心地走了过去，用左胳膊托件外衣，右手却在外衣的掩护下伸向中年女子的小坤包。

过往的行人脚步匆匆，没人在意那只被外衣遮住的脏手。

张超看见这一幕后不禁义愤填膺，怒火中烧！自己出身贫寒，懂得人们过日子的艰辛。他忘不了父母终日恨不能将一个硬币掰成两半花，他同情天下所有靠双手起早贪黑挣钱养家的劳动者，憎恨所有不劳而获，掠人钱财的劫匪小偷、坑蒙拐骗之流。面对无辜女子，光天化日之下遭宵小之徒欺负，他怒目圆睁，脚下生风，撩起长腿向年轻人奔去。

年轻人那只“训练有素”的手已经悄无生息地接近那个精致的小坤包，他的脸上已经情不自禁地泛起了不易被人察觉的“成就感”，正要进行探囊取物的最后一道工序，突然身后响起一声令人胆寒的怒吼：“住手！不准偷东西！”年轻人循声回头恶狠狠地朝张超一瞪眼，本想给这“多管闲事”的外乡人一点教训，一看对方高大威猛且正气凛然，迈着军人独有的大步朝这边跨来，不禁倒抽了一口冷气。“好汉不吃眼前亏，看来今天不宜动手”，年轻人沮丧而怯弱地夺路而逃。

长跑短跑，小偷哪是张超的对手，张超龙行虎步，正要一把抓住对方，不料一位老太太蹒跚至此，张超一个“紧急刹车”避让老太太，小偷瞅住这个空子一头钻进了熙熙攘攘的人流。

那位险遭偷窃的中年女子如梦方醒，连连向张超道谢，路人也停住脚步围了过来，为张超点赞。

张超抬手抹了一把额上的汗，谦逊地对大家一笑，转瞬就消失在人群中。

作为南海一线作战部队的飞行员，张超养成了每天、每战、每次训练必总结经验教训的思维习惯。今天与小偷的遭遇战有什么失误吗？张超问自己。

回忆细节，再现场景动作，张超认为今天的战术是对的。根据当时与行窃现场的距离和速度，小偷眼看就要得手，群众的财产转眼就会遭受损失，如果等其得手，再现场捉赃，变数很大，说时迟，那时快，况且行人较多，随时可能遇到障碍，因此先大喝一声以示警告，虽说现场未能捉赃，但能确保群众不会受损。捉小偷如同一场遭遇战，战术得当，方可制胜。百姓的钱包保住了，则为大胜！

这种遭遇战已经不是首战了。在高中期间，张超只身勇斗街头“小混混”的故事传遍了岳阳市第七中学的校园。

那天张超正从校园门口路过，突然听到50米外的小吃店传来争吵声，好奇是青少年的天性，张超循声走了过去，发现店里有几个顾客在埋头吃米粉，一个穿着印有“别惹我，正烦着呢”的文化衫的小青年朝店主骂骂咧咧：“吃你一碗米粉又何是？你到这条街上打听打听，我吃米粉几时买过单？”

店主嗫嚅着争辩：“次把两次算我请客，天天吃我何里受得了！”

“天天吃你的米粉是给你面子！”小青年边说边啐了一口痰，拔腿扬长而去。

张超听到了这段令人啼笑皆非的对话，立即闯进小店，差点与小青年撞个满怀。小青年正要发作，张超挡住了去路厉声问：“吃了米粉不给钱的是你吧！”

“是我又如何？”小青年一脸蛮横。

“吃米粉就得付钱，人家开个小店不容易！”张超耐心地与他说理。

“你是工商所的？派出所的？还是男厕所的？”小青年也斜着一双小眼问。

“都不是，我就是七中的高三学生。”张超实话实说，“顺便告诉你，我是篮球队的中锋！”

也许是这一句话提醒了小青年，他突然一个鲤鱼打挺为自己壮壮胆，拔腿夺门而逃。

张超平时小腿上绑沙包锻炼出的强健体魄，此时可派上了用场。他一个箭步冲上去，伸出右手一把抓住小青年的胳膊，小青年本能地挣扎着，却感到越挣扎越被这只老虎钳一般的手钳得更紧。他抡起另一只拳头刚要比画，却不知怎的被反扣在背后。

“哎哟！松手！”

“跟我回店里结完账再松手。”

“回店里？回哪个店？”

“就是你吃了米粉不给钱的那个店。”

“你看见我吃了米粉没给钱？”小青年还想耍赖。

张超不想跟他啰嗦，拎起他就往店里走。回到店里，刚才默默吃粉噤若寒蝉的几位食客，判若两人地为张超鼓起掌来。

从此，岳阳市七中校门口米粉店被小混混白吃的现象基本绝迹。

军人的血性胆气，早已在张超身上初现端倪。

推开死神

2011 年 6 月的海南岛繁花似锦，椰林摇风，芭蕉与香蕉争相抢眼，菠萝与龙眼借风竞香。

张超所在某团的训练机场，一片坦坦荡荡，但当他驾机升空，还是被机场四周的葱绿与火红所陶醉。绿的是蕉林和椰林，还有那浓荫如盖的大榕树，木棉树。红的呢，是那如火如荼的三角梅，还有怒放在木棉树枝叶之上的木棉花。

木棉树被人们称为英雄树，其花自然被唤作英雄花。木棉树雄枝铁杆，如英雄健硕的躯体，木棉花红得耀眼而不媚俗，象征着英雄的血性和风骨。

张超喜爱木棉树的挺拔，深深扎根于南国沃土的树干，用全身心的力量和心气，奉献给人间一处生命之绿和意气之红。张超想，难怪人们叫他英雄树，英雄就会像木棉树一样顶天立地，无私奉献！

短短的一年多，张超就已经成长为全团飞行尖子，今天，他和战友们刚参加完一次重大任务后准备返场，突然，一团团乌云如同接到紧急集合的号令，以迅雷不及掩耳之势集结起来，如万匹黑马在天际疯狂地拥挤、扭打、奔驰、撕咬！失控的乌云为瓢泼大雨提供了愈来愈充足的水源。浓积云重叠处，闪电在为虎作伥的闷雷的怂恿下，抽起一道道刺眼的光鞭，仿佛要把这高悬在海面之上的天幕扯得七零八落。天地之间，一片混沌，一团漆黑，一塌糊涂！

此刻，张超和他的战友们驾驶的 7 架战斗机，被这巨大的浓积云阵挡住了航路。飞机飞入云层，瞬间能见度降至不足千米。指挥所命令 7 架飞机立即到备降机场着陆。

备降机场方向依然是浓积云密布，此路不通。如果硬闯云阵，轻则遭遇剧烈颠簸，重则被闪电击中，甚至 7 架飞机互撞互损，在黑暗中自相残杀．

怎么办？目的地和备降机场均亮起红灯，油箱内存告急，怎么办？天上的飞行员在询问，地上的指挥所在追问。

返回本场着陆！指挥所和团领导紧急决策，当机立断！

然而，返回本场也并非一路绿灯。无孔不入的浓积云，也弥漫至本场上空，不过尚有半小时的窗口期，如能赶上这个“窗口”钻过去方可化险为夷！一旦错过“窗口”，后果不言而喻。

同时，本场跑道因突如其来的暴雨浸满积水，高速运转的机轮与积水相触，极易产生飘滑，飞行员操控稍有闪失，就可能机毁人亡。况且，油箱很快就会亮起红灯。

飞行员们坚信团领导会指挥他们飞出困境，静静地把控着动荡的飞机和忐忑的心。

然而有一颗心却异常镇静！

这颗心属于飞行尖子张超。当他得知返回本场的命令，意识到此时必须有一架飞机冒险领飞，率先着陆。于是他挺身而出，主动请缨。

他的请求立即获得批准。时间就是军队，时间就是生命！“战友们，请跟我来！”张超大喝一声，驾起银鹰一个鹞子回头，摆出一副与天奋斗其乐无穷的姿态，战机呼啸着一马当先冲出浓积云的重峦叠嶂，终于精准地就近觅到那个投射生命之光的“窗口”。

然而这个“窗口”并非一成不变，波谲云诡的老天不会大发慈悲普度众生地眷顾一只陷入疑阵的队伍。抓住稍纵即逝的光亮，哪怕是一线，一丝，像高尔基笔下暴风雨中的海燕一样坚定地飞，稳健地飞，理性而勇敢地飞！

云海茫茫，大雨茫茫，狂风呼呼，海浪滔滔！张超清醒地意识到，此时此境，他是在领着战友们在与死神共舞。他要用军人的胆魄挫败死神的凶焰，他要用科学的判断推开死神的毒牙。就在这恶劣气象元素恶意迭如的生死绝境，张超驾机为战友们开辟了一条生命通道。第一架战机精准地对着被积水泡着的跑道，一个举重若轻的“两点式”着陆，飞速旋转的机轮将跑道上的积水冲起两道高高的水帘，像两条被动舞动的硕大飘带，欢迎绝处逢生的空中勇士凯旋。

随即，第二架，第三架，直至第七架战机，紧随着张超驾驶的开路之机的引领示范，从容地带着后轮、放伞、放前轮、减速滑行、平安刹车。这一套类似高悬于峡岩钢丝上的芭蕾动作，成功地避免了跑道积水可能导致的侧滑之险。

张超就是这样凭借平时的苦练精飞练就了一身盖世之功，为机组打开胜利通道，就是这样将自己对祖国、对战友的一腔大爱，书写在天地之间。

用实操探抵真理

南海航队航空兵某团驻地篮球场上，龙腾虎跃，笑语喧哗。

球场一角，张超在似乎悠闲自在地作壁上观，间或他拿起一个笔记本快速绘图，笔尖唰唰地在纸上运行，像是画人物速写，又像是在做现场测绘。

球场上，这些空中骄子正杀得天昏地暗，比分咬得难解难分。

“队长，请求我上！”张超放下本子请缨参战。

裁判立即宣布张超替换一名前锋上场，全场观战官兵顿时兴奋起来，睁大的双眼盯住这个健硕灵敏的球场骁将，期待他给这场马拉松式的拉锯战打上句号。

果然，张超令对方不曾提防，就探囊取物般的抢回了一个篮球，对方立即迎上两员球员拦截。张超虚晃一枪后龙行虎步突破重围，将球递给中锋后又迂回在球场一侧。中锋十分默契地将球以之字之势运还张超，对方立即看紧张超方的中锋后卫，对方一名前锋见势不妙拔腿向张超扑来，而此刻张超早已轻舒猿臂，篮球呈抛物线自动旋转着精准入网，当对方前锋扑向他跟前，裁判已响亮地报出“三分有效!”

球赛结束后，战友们翻看张超那个神秘的笔记本，发现像诸葛亮的锦囊袋，又像是中学生的几何作业本。其实全是实战小战例，攻守小战术。

“打个篮球，记这么多数字，画这么多图，纸上谈兵有必要吗?”战友们问张超。

张超哈哈一笑：“凡事预则立不预则废。岳飞说过，运用之妙，存乎一心！哈哈，莫看打篮球好像是在拼体力，其实是在拼脑子，打球如打仗嘛，嘿嘿！战争是硝烟中的球赛，球赛是没有硝烟的战争!”

难怪这家伙在球场上可谓常胜将军，他不仅力大无穷，在球场上是苦力一个，而且他常常出奇制胜。在场下，他还是排兵布阵的高手，把五个队员调度得有章有法，有张有弛，有板有眼、有声有色。

教学大纲和教科书中，对飞行实践中战机抵达任何点都有精确的时间误差规定，也就是说，飞行员的实践既要灵活机动又有科学规范，有章可循。张超每次接到战斗命令，只要不是立即起飞的紧急任务，他都要先在地面认真计算，充分准备，运筹帷幄是为了决胜千里。

教科书提供的传统算法，逻辑严密，无懈可击，但是在飞行实践中，有时会出现误差超标。实践，实战，实实在在地飞，实实在在地计算，才能探抵真理。

张超的数据分析精准快捷，被战友誉为“行走的电脑”。在空军航空大学，在训练基地，同学和战友们随处可见，张超在图书馆冥思苦想，在宿舍小桌子上奋笔演算，在床上，也打开笔记本电脑一算就是半宿。

驾起战斗机抵达空中某一个点，教学大纲对时间误差，要求几乎苛刻。接到飞行任务，每一位飞行员部要精心准备，但很难保证在时间上不出细小误差。张超面对这个难啃的骨头，湖南人的倔驴脾气发作了。他把自己闭关半月，把电脑键盘差点敲融，终于研发出“张超算法”。“这个张超算法就是管用！有了它，就能确保准确无误地达到任意一点！”张超的战友黄灿这样说。

这一天是团里组织的对地攻击训练，飞行员们豪气冲天地驾驶着带弹飞机跃上长空，正欲射靶，却明显感觉构不成发射条件，只好快快地带弹飞回。

张超的哈哈声停息了，方正的脸膛上眉头紧锁，双眼迸射出疑惑和不屈的光。他召集几位爱钻研技术的战友，组成一个攻关团队，四处采集数据，进行系列推算。无数次功亏一篑，无数次山重水复，终于随着张超一声惬意的“哈哈”，问题的突破口被他找到，随即峰回路转，柳暗花明。从此“张超算法”用于实践，团里对地命中率大幅提高。

一项新型战机非致导武器对地攻击训练，按教学和训练计划就要开课了，但是教官们是巧妇难为无米之炊，教学需要教学法，教官需要教材，而目前尚无教材，谁来教？怎么教？团里等米下锅，学员饥肠辘辘。

“团长，没有教材，自己编嘛！哈哈！要不，我来试试！”张超毛遂自荐。

“嗯？这可不是闹着玩的，你行吗？”团长知道这小子鬼聪明有蛮多，有意激将。

“团长，这方面我有一些理论探讨和实践感知，嘿嘿，您就给我一次机会吧，理想很美，也很难，但万一实现了呢？嘿嘿嘿嘿！”张超含笑的双眼饱含着希冀的光。

“好！张超，我相信你！”团长右手在张超肩上猛击一掌，算是现场拍板。

张超乐了，哈哈一阵乱滚。笑过之后是沉思，是烧脑！“海空对决，战云如浓云瞬息万变，飞行员的大脑应该是一台有信仰、有情感的高速运转的电子计算机！”这是张超常说的金句！现在，这架电子计算机开始全速启动，快速运行。

图书馆里，他在书架上攀爬，在抽屉里寻觅二战经典案例，从珍珠港炮火到广岛蘑菇云，三本五十六的得意忘形与金梅尔的捶胸顿足，一起在他脑幕再现。他涉猎了大量海战资料，敌情信息，浏览了无数我军和外军相关视频，精心揣摩，潜心运算，精诚所至，金石为开！一本喷发着油墨清香的实用教材，终于摆上了教官们的讲台。

这不是一般的讲义，这是一位矢志强军的铁血男儿奉献给祖国的一瓣心香！

匹夫之勇在现代战争中已毫无意义，科技强军已成为当今必然趋势。只有用现代最先进，最前沿的科学知识和技能武装起来的，同时又敢打敢拼富于牺牲精神的铁血勇士，才能不负时代，担当大任。用大脑飞行，用智慧克敌，用谋略制胜，张超不愧为逐梦海天的强军先锋！

第四章　比翼双飞

“面试”

男大当婚，女大当嫁。

24 岁的张超，风光无限的天之骄子！而且阳光帅气，魁梧挺拔，满腹经纶，谦和儒雅，一身戎装，英俊潇洒。在军营是飞行标兵，上街是一道流动的风景。自然关注他的婚事的人不在少数，而暗恋这位驰骋于蓝天的白马王子的女孩也大有人在，只是出于矜持而羞于启齿，或是无合适时机吐露心迹，因而失之交臂，独自悔而憾之。

而比张超年龄稍小，且职业相似而不相同的知性美女张亚，颜值超高，身材窈窕，气质高雅，举止端庄。她也是从历史文化名城岳阳考入位于天津的中国航空大学空政专业的女学霸，毕业后在中国民航国际航班黄花机场工作，是一位空中乘务员。她这种重点本科毕业的乘务员担负的职责自然有别于普通乘务员。她举手投足皆见修养，一颦一笑顾盼生辉，在万米高空之上的客机舱里优雅行走，也是一道流动的风景，有同事打趣说，只要是张亚登机，假装晕机的男乘客就多了起来，而患“红眼病”的女乘客也陡呈增长趋势。诗意的岁月从高天和大地淌过，张亚也到了谈婚论嫁的妙龄，自然有众多青年俊彦以九十度鞠躬的身段向她敬献九百九十九朵玫瑰。

这样一对分别从岳阳飞向蓝天的帅哥靓妹，本来天各一方，一位身份特殊的人使两颗互不相交的行星有了相交的轨道。张超的表哥李忠敏也是一名军中男儿，他还有一个身份是张亚的表姐夫。这位两头当表哥的中年人掐指一算，张超张亚实在是天造地设美满姻缘，于是千里姻缘一线牵，就开启了张超利用探亲假期从海南到长沙的浪漫之旅。

三亚到长沙的航班是上午，张超按照李忠敏提供的电话号码，给张亚发了投石问路的信息。他虽然暂时尚未拨打过这个电话，但电话号码的 11 个数字，早已背得滚瓜烂熟，

因为这组数字不仅是张亚的电话号码，也是他张超的幸福密码，不！不是“密码”，是“蜜码”！

由于昨晚张亚值了大半夜夜班，上午自然是春眠不觉晓。当她醒来一看手机，才发现张超早已飞抵长沙并请她午餐的信息。姑娘被这突如其来的“袭击”弄得有点手足无措，于是赶忙回复了一条保持知识女性应有的矜持的信息，匆匆忙忙稍事梳妆，然后拉上同事中的闺蜜小丽去见这位已等了一个多小时的天涯来客。

两位姑娘到达预约的餐馆，包厢里竟然没人，张超出去找服务员点菜了。

小丽快人快语：“张亚，是请我当评委吧？”

张亚回答："这个评委可得用心地当，最高分和最低分可是都要减去的哟!"

小丽信心满满："黄花机场相亲界首席评委非本小姐莫属。作为黄花机场国际航班的第一黄花大闺女，要文凭有文凭，要颜值有颜值，要身材有身材，多少高富帅枕着你的名字失眠，你这枝花可不能找堆牛粪随便插了!"

张亚的调子倒不高："人家可是高大帅气……"

"高大帅气又怎么样？还得综合评估!"小丽抢过张亚的话头，"高大帅气，海拔多少?"

"据消息灵通人士透露，据不完全统计，海拔超过一米八。"张亚美滋滋地说。

"高度合格，温度呢?"

"怎么？还要量体温?"

"外行了不是？还体温，温度，就是指男人心疼女朋友的指数，冷面小生过时了，一定要是暖男一枚!"

"暖男你自己留着吧!"和闺蜜抬杠是女孩们独享的乐趣。

小丽正准备回击，大敞着的包厢门响起了轻轻叩门声。

"请进!"张亚突然感到一阵心跳，意识到今天的男主角该出场了。

张超阔步走了进来，定睛一看，玉照上的张亚端坐在眼前。"你就是张亚同志吧！你好!"

"那么你就是张超同志啰!"张亚站起身来亭亭玉立。

张超礼貌地面向小丽："这位同志是……"

"我的闺蜜，小丽，黄花国际机场非官方新闻发言人。"

张亚介绍。

“小丽同志你好！嘿嘿！”张超笑容可掬。

“最可爱的人你好！”小丽斜眼瞟了一眼这位魁梧健壮的年轻军官，问：“解放军同志，今天怎么没穿军装？”

“喔，嘿嘿！今天是办私事，所以穿了个运动服，嘿嘿！”

“办私事？解放军同志也有私事？”小丽调侃。

“是的是的，哈哈，一点私事。”

“一点什么私事？”小丽明知故问。

张亚说话了：“评委同志，不要问无关的问题。”

“评委？你们今天还有选秀活动？”张超不解。

“今天不选秀，选马！”小丽卖关子。

“你们机场还选马？什么马？”张超问。

“是骡子是马拉出来遛遛。”小丽答。

张超意识到了什么，但依然大智若愚地憨笑。

“张超同志，你的牙齿好白！”小丽又开始调侃，嘴上说着话，眼睛却转向面带羞涩的张亚。

“小丽！”张亚急了，这丫头口无遮拦，什么难听说什么。

张超听懂了弦外之音，“小丽同志，你是说我皮肤好黑是吧？这是海南岛的紫外线的慷慨馈赠。要知道，我们可是离太阳最近的人。”

上菜了，这是一桌张超久违了的湘菜。剁椒鱼头、辣椒炒肉、酸辣汤……张超不会说那些被人组装过充斥荧屏的甜言蜜语，只是忙不迭地用公筷往小丽的碗中夹菜。“多吃点，这个有营养，嘿嘿！”

“别夹别夹！”小丽急了。“解放军同志，你自己吃吧！”

“我用的是公筷，”张超举起那双筷子，“很卫生的，哈哈！”

小丽快人快语：“公筷也不行，我得像张亚同志学习，保持苗条。你老劝我吃这吃那，不是存心破坏我的三围吗？”

“就夹这一筷子好不，哈哈，这剁椒鱼头用的是我们岳阳铁山的鱼。哈哈，好吃！”

小丽大惑不解：“铁山上还长鱼？”

“铁山是一个大水库，养的都是原生态的鱼，原汁原味，富含锌、镁、氚等微量元素，哈哈！”

“给张亚同志也来点微量元素吧！别夹了。”小丽再次拒绝。

“给你夹你就多吃点，我想人家给我夹菜还没人夹呢！”张亚说。

小丽言归正传，一脸严肃：“本评委开始现场提问了。张超同志，准备答题。”

“时刻准备着，哈哈！”

“严肃点，别嘻嘻哈哈的。”小丽俨然一考官，“张超同志，请问你的住房多大？”

“那可足够大，我们飞行中队住一层楼，还有训练用房不算。”

“哦，我懂了，你住集体宿舍，不是住自己家里。”

“部队就是一个大家庭。嘿嘿！”

“第二个问题，你开的是什么品牌？”

"哦，我开过几种品牌，现在开的是歼－8Ⅱ。"

"这是什么品牌？哪国出品？"

"中国研发制造，速度特快，哈哈哈哈！"

"没听说过。"

"人家说的是战斗机。"张亚提醒。

小丽摇摇头，对张亚做了个鬼脸，停止了现场提问。

"再来一片铁山的鱼，铁山水库的水质为一类水质，岳阳市城区居民的水缸……"

一顿午餐吃下来，张超只顾给小丽边夹菜边介绍铁山的水和鱼。张亚不禁纳闷：张超千里迢迢赶来，未必就是专程为小丽碗中夹菜的？

张亚甚至想到，作为空军航空大学毕业的高材生，难道不懂长机和僚机的分工？初次见面共餐，为什么眼里只有"僚机"，而忽略了"长机"呢？

若干天后，张亚向张超倾吐心中的这个谜团，张超哈哈一笑，坦荡地说："她是你的闺蜜，我当然要对她客客气气，至于你嘛，又不是外人！"

"不是外人，是什么人？"

"内人！嘿嘿嘿！"

"不怕羞！谁答应做你内人了？"

甜蜜的逆转

军人的恋情，一如军情变幻莫测。

长沙一晤，并没有时下影视剧中常见的浪漫瑰丽，火爆热烈。张亚请的唯一的“评委”，出于对朋友的高度负责，当时也并没有打下“最高分”。海南岛天空中过分热情的紫外线，也给张超帮了点倒忙。然而，聪慧过人，善良贤淑的张亚的心灵深处，总是有一个声音在倾诉：“好姻缘不能错过，这是个可托付终身的男人，他表面的冷漠反衬的，是内心的炽热！”

作为中国航空大学空政专业的高材生，她深深懂得恋人和夫妻双方最重要的是世界观、人生观、价值观的高度一致。张超给他的印象是标准的军人范，满身的正能量。

作为南海一线作战部队的飞行员，军务繁忙、训练也繁忙！然而再忙也有相思的时候！长沙之约，张超已被张亚的优雅仪态深深吸引，只是没有足够的时间去向张亚做酣畅淋漓的表白。

“你越冷漠，我越飞蛾扑火！你越无语，我越渴望诉说……”颇有诗人气质的张亚的心灵独白，本身就是一首令人柔肠百结的情诗！

由于工作的出色和高层的赏识，张亚由长沙调往杭州这座充满诗情画意柔情蜜意的浪漫都市。说起杭州，人们往往首先想到的是西湖，说到西湖，人们往往首先想到的是西子。西子者，绝代佳人西施也。北宋大文豪苏东坡任杭州知府时，曾疏浚西湖，化水害为水利，利用浚挖的淤泥筑成“苏堤”供后人景仰。苏东坡对杭州的另一大贡献是那首堪称美人绝唱的七绝：水光潋滟晴方好，山色空蒙雨亦奇。欲把西湖比西子，淡妆浓抹总相宜。作为传说中中国古代四大美女之一的西施，据野史演义在三千越甲可吞吴后随范蠡“游五湖去”，曾在洞庭湖畔的岳阳、华容留下芳踪。自然，作为岳阳伢子，张超对西子、西湖和杭州具有本能的亲切感，加之张亚的移居杭州，张超对这座堪与天堂媲美的江南名城更是心驰神往，挂肚牵肠！

但是，张超与张亚均为内心世界极为丰富，而外在表现过于理性的年轻人。不冷不热，不卑不亢，若即若离，已成为这对有情人之间的常态。

这种常态的打破源于张亚的一纸诊断书。

原来，张亚在一次空中执勤时，突然发现全身红肿，奇痒难熬。回到地面，张亚被送往医院，经诊断为患上红斑狼疮。

这是一种令众多女性尤其未婚女青年闻之色变的疾病，是一种多发于青年女性的疾病，病因至今未明，此病极难治愈，且不少病例残酷地证明此症影响生育，重则危及性命。

一纸诊断重千斤！张亚的精神几近崩溃！花季少女，遭遇这种恶疾，她首先想到的是心上人。他深深懂得，张超是他们家的一根独苗，他父母整日期盼的是张超早做爸爸，以延续张家一脉香火。而红斑狼疮极有可能影响生育。她正因为深爱着张超，所以他不能连累张超。

想到这里，她从病床上走下来，拨通了张超的电话。

远在天涯海角的张超听见铃声，一眼瞟见手机屏上“张亚”二字，心头不禁涌起春日的海潮，立即将手机贴近耳根，他感觉贴近他的不是手机，而是张亚那青春气息扑面而来的脸颊。

“喂，张亚，你好！”

手机那头没有言语。

“喂，喂，张亚，你在跟我躲猫猫吧？我看见你了，哈哈哈哈！”张亚那头还是没有声音。

张超急了：“张亚，你怎么啦？怎么不说话了？”

这回听到对方的声音了。张亚不是在说话，而是在哽咽，令张超柔肠寸断的哽咽。

张超此时反而镇定起来，虽然他预感到某种不祥，但他毕竟还是一名在南海中搏风击浪的空中战士，早已养成笑迎危机的大将风度。

“张亚，别急，有什么事直说，天塌下来我们一起顶！”

张超的镇定和贴心，给了张亚莫大的宽慰与鼓励。她擦干眼泪，抚平心绪，故意用一种平淡却坚定的语气说：“张超，我得了红斑狼疮……”

“什么？你慢慢说！？

“红——斑——狼——疮！”

“红－斑－狼－疮是什么？”

“一种病，很难治好，还影响生育。我不能连累你，张超我们分手吧！”说着“嗯”的一声，信号断了。

“你胡说什么？喂，张亚，张亚，喂！喂！”张超呼叫不应，这才发现对方手机已挂断。

张超连忙拨号，得到的是冷冰冰的提示：“对不起，您拨打的电话已关机。”

翌日，杭州，病房里实在沉闷，张亚推开窗户，一股从西湖湖面吹来的风灌了进来，张亚打了个寒噤，但她仍然固执地将窗门打开，任凭湖风吹拂她被红斑狼疮困扰的脸庞和身躯。断桥，这横跨西湖，遥望孤山的石桥上，留下过白娘子和许仙的背影，历尽劫波似断非断的古桥，历来是有情人联姻结缘的有情载体，张亚多次期盼她和她的白马王子共登断桥畅叙衷肠。但是这纸令人沮丧的诊断书，断了她甜蜜念想，断了她心中的断桥！

想到这里，张亚黯然神伤，泪水潸然而下。

突然，她听见病房门被猛力推开，随即，她听到一个熟悉的声音："张亚！"紧接着，她感觉呼吸急促，全身发紧，原来她已被人从背后拦腰抱住，一双有力的臂膀不由分说地搂得她铁紧。

"你是谁？放开我！"张亚开始挣扎。她惊叹张超从海南赶赴杭州的迅捷，她感受到了令人暖心暖肺的关爱，但是她不愿连累张超，她违心地挣扎着他的拥抱，但是徒劳无功！那双臂膀显得更有力量。

"护士！护士！"张亚大叫！

护士应声而来，见状大惑不解！

"护士，请把这个陌生人赶出去！"张亚百感交集厉声叫道。

护士开始公事公办。

"什么陌生人？我是你的爱人！亲人！""陌生人"也放声大叫。

"我不认识你！"张亚还在对抗！她对抗的不仅仅是对方，更是自己的一颗滚烫的心！

"嫁给我吧！我是专程来向你求婚的！"说着，张超把张亚的身体转向对面，心疼地察看着张亚脸上脖子上令人怜惜的疮疤，一面将一张银行卡塞到找张亚手中："这是十万元存款，你先拿着治病。"

"不要！治病有公费医疗。"张亚脸上仍然冷若冰霜："你走吧！我们之间从现在起没有任何关系了！"

"其实在此之前我们也没有任何关系！"张亚不等张超回话，赶紧补上一句。

张超再也无法冷静了，竟然如发怒的雄狮一般吼了起来："张亚，别说我们没有任何关系，从现在起，你就不再是我的女朋友……"

"对啊，"张亚回答："不是女朋友！"

"不是我的女朋友，而是我的妻子！"张超紧紧搂着张亚。

张亚再也无法抗拒！

这就是张超，一名为国家、为民族敢于钻天入地赴汤蹈火的铁血战士，一名为爱情、为亲人敢于披肝沥胆掏心掏肺的热血男儿！

有空再补婚纱照

生活总是充满了意外！

经过一段时间的治疗，张亚的"红斑狼疮"悄然消退。坦率的医生竟然宣布："张亚同志，十分抱歉，所谓你患红斑狼疮的诊断结论，属于我们误诊。之前你身上出现的那些症状，是因为阶段性免疫力下降所致。现在我代表医院向你表示诚恳的道歉！"

“误诊?”张亚喜出望外!“道歉?道什么歉?感谢你们还来不及呢?”

是的!正是这次医生的误诊，让张亚收获了一颗水晶般透明的心。

2012 年的农历正月初八，在故乡岳阳，张超和张亚举行了简朴而隆重的婚礼。

张亚一直盼望有机会和张超照一张婚纱照，把一个姑娘最宝贵的芳华定格在最幸福的时刻，借洁白无瑕的拖地长裙来物化地祈求爱情天长地久，那是一个女人最惬意的事情。但是由于张超一心忙于他的飞行事业，就连结婚时在婚礼上新郎致辞的第一句话，也是“祝愿我的战友们为保家卫国而展翅高飞，平安返航”，婚假也是和探亲过年合二而一，来去匆匆，根本没安排时间照婚纱。

“亲爱的，以后找机会陪你补照一张漂漂亮亮的婚纱照，好吗?”张超愧疚地向爱妻承诺。

从此，补照婚纱照成了张亚的一个玫瑰色的奢侈的梦。

杭州和海南，各有着这对空中比翼鸟一个温暖的爱巢。

室雅何须大，花香不在多，优雅精致情感丰富的张亚，把虽不宽敞的居室布置得既高雅又时尚，既舒适又温馨。她深知丈夫酷爱飞行，酷爱心中那片蓝天和海疆，但她也很希望他们能在这座宜居宜业的名城朝夕相处。

张超在杭州短暂疗养期间，张亚向自己所在的中国民航杭州公司的领导推荐了张超，阅人无数的公司领导对这位飞行天才自然是“一见倾心”，十分诚恳地邀请他转来民航发展，可张超对民航的优厚待遇和“安全系数大大高于部队”

的“优势”一概视而不见，委婉而坚决地谢绝了人家的邀请。

正在家里等待好消息的张亚，等来的是一堂慷慨激昂的国防教育课：“国家培养一个战斗机飞行员，该要付出多大的成本？如果所有飞行员都飞民航，那战斗机不全部停在那儿？那么谁来保卫我们的国家？没有强大的空中长城？哪有民航满世界安全飞行？”

张亚“策反”没有成功，反而被张超“策反”。

2012 年 6 月，张亚毅然决然地向单位领导递交辞职，毅然决然地作别那座享有人间天堂美誉的名城，欣然坦然地以特招入伍的形式投身军营，欣然坦然地成为自己丈夫的战友。

杭州的繁华不让京上广，杭州的时尚引领国际范。然而海南岛上军营偏僻而艰苦，对于一个见多识广的知识女性来说，的确存在生活的落差。但是有了国防事业的吸引，有了爱情的滋润，张亚很快成长为一名快乐的女战士，一名乐观豁达，精明干练的女军官。他爱张超，也爱张超所爱，追求张超所追求，迷恋张超所迷恋，奋斗张超所奋斗。

海南岛是红色娘子军的故乡，“向前进，向前进……古有花木兰，替父去从军，今有娘子军，扛枪为人民……”激情澎湃的歌声缠绕在张亚的脑际，和亲爱的丈夫并肩战斗的豪情充溢心间。

虽然不再分居两地，但军中飞行员的行踪不定乃为常态。张超的飞行任务重，他的办公室就是浩瀚长天！

张超虽然成天风风火火呼啸而出地直上九天，但也不乏军营男子汉也有的似水柔情和如花浪漫。这次执行任务离家时间不短了，他在起飞前拨通了张亚的电话：“亲爱的，我寄了一个特快专递，那是送给你的一个特别的礼物！估计你下班时可能会送到咱家，你记得去接收一下。”

“寄什么礼物？都一家人了，还送礼？形式主义猖獗！”张亚嘴上这么说，心里却是美滋滋的。

当她下班后匆匆回家，在自家门口左右环顾，并没发现什么特快专递。突然门开了，张超乐呵呵地走出门来，当着过往战友的面，大大方方地给了张亚一个大大的拥抱。

张亚惊喜交加，嘴上却说：“干什么？这么大人了，不知羞！”

“哈哈哈哈！”张超依然打着他的哈哈，抱着的手臂更紧了。

张亚被拥抱和“哈哈”深深地陶醉了，她仰起脸问丈夫：“你的特别的大礼包呢？”

“你不是收到了吗？”张超一脸正经。

“我收到了什么了？”张亚不解。

“特别的大礼，就是我的大大的拥抱呀！”

张亚笑了，抡起拳头捶打着丈夫宽阔的胸脯，撒娇地说：“你坏，你太坏了！我也送你一份特别的礼物。”

张超不解：“什么礼物？”

“捶你呀！”

张亚的生日到了，张超花3000多元买了条裙子送给他。穿军装的张亚英姿飒爽，穿上连衣裙的张亚仪态万方，加之她腹有诗书气自华，着裙更是锦上花！战友们都夸张超懂得疼爱妻子，张超说：“自己的老婆不疼，谁疼？”说完，又是一串爽朗的“哈哈”。

婚后一年许，随着一声悦耳的婴啼，张超和张亚同时长了辈分，成了年轻的宝爸和宝妈。这可是张家的掌上明珠，小两口给宝贝女儿取名张尚明珠，乳名含含，取含到口里怕化了，抱到怀里怕飞了之意。

在天愿作比翼鸟，在地愿做连理枝，这句话好像专属张超张亚这一对军中伉俪，幸福佳偶！

第五章　天之骄子

化险为夷

飞行员跨上一飞冲天的战鹰，从启动油门发动引擎那一秒钟起，随时可能遭遇死神。战斗机飞行员遇险的概率大大高于民航机飞行员，这是众所周知的公开秘密。

然而，仍然有无数热血男儿女儿投身军旅跨上战鹰，前赴后继，义无反顾。

雏鹰练飞，多有勇敢而痛苦的折翅过程。传说如果想把一只雏鹰培养成搏击长天的猎鹰，主人往往会故意折断雏鹰的翅膀，让其苦其心志强其体魄，愈挫愈奋，越飞越勇，只有这样方能傲立峰顶壮志凌云一飞冲天！

张超就是一只志在高远、敢于冒险、目光犀利、行动果敢的雄鹰。

张超深爱着自己的生命。从上初中起，他就在体育老师的指导和激励下，奉行毛泽东提出的“文明其精神，野蛮其体魄”的行为方式。从初中二年级起，他将自己的腿肚子下绑上沉重的沙袋。数九寒天，他从不搭乘城市公交，坚持顶风冒雪步行上学，摔倒了再爬起，摔得鼻青脸肿也满不在乎。他坚持高强度体育锻炼和体能训练。然而他又深深地懂得生命的意义，更懂得他的飞行生命的意义。他深知飞行员的生命与国家的领土领海领空的安危息息相关。他说过，每个人都会珍惜生命，但飞行员首先要珍惜有限的飞行生命，不能一遇危险就收起飞翔的翅膀！为祖国的安全和民族的尊严而搏击长天，就是飞行员生命之花的最美绽放！

今天，这只雄鹰的翅膀险遭折断，险情的发生地是数千米以上的高空，那广阔无垠命悬于白云之上的高空。

这次没有半点预兆的危机，发生在晚上 7 点 48 分的南海上空。这原本是一场跨昼夜的飞行训练。海上的落日往往来得比陆地更迟暮，更壮观。当夕阳恋恋不舍地亲吻海面，沉入海底后，天边的火烧云与碧海中的夕霞开始由红变紫，由紫变褐，直至化为苍茫的暮色。白天清晰可见的星罗棋布散落海中的大小岛礁，先是变成一团一团的黑点，几分钟后则完全被夜色所抹平，所吞没。蜿蜒如诗的海岸线上的闪闪烁烁稀稀落落的渔火，也在眨眼之间模糊起来，化为一点点微弱的火星，直至完全消失。

张超驾着战斗机顺利起飞，他惬意地用左脑尽情地体验着夜间飞行那梦一般的浪漫和神话般的神秘时，他的右脑却清醒地指挥他密切注视那密密的仪表，因为那里有战斗机的生命体征的集中显示。

正常！一切正常！

夜色在一秒秒更浓，战鹰在张超的掌控下平稳飞行。

“不对！”张超一眼瞅见液压表上出现异常，液压指数在快速下降，几秒钟就降到了最低正常限量。

这是一条不可逾越的底线！液压线似乎降出惯性，突破底线还未止步，且下降的速度有增无减。

“液压泄漏！”张超敏锐地发现问题作出判断，第一时间向指挥塔台报告。

“返航，立即返航！”指挥塔台当机立断下达命令。

其实，战斗机出现液压泄漏，并非一句“立即返航”便可了事。因为液压失灵将带来飞机上部分部位瘫痪，而一架飞机是一个高度严密而完整的整体，牵一发而动全身，部分部位甚至一个零件失灵都可能导致全机失控，更何况液压泄漏还关系到燃料断供，继而诱发失控危机。

尽管张超飞行技术一流，处理过多次各类危机，但液压严重泄漏还是首次碰到。在数千米高空驾驶战斗机可不比陆地上飙车，他想起了老家岳阳一句俚语——“壁上挂团鱼，四脚无靠”。他觉得自己现在的处境比那只挂在壁上的团鱼还滑稽和无助，对于那只尴尬的团鱼来说，好歹还有墙壁作为自己生命的支撑，而自己则和身体失衡的战友——战斗机被挂在白云之上，而悠悠白云是水蒸气的变体，那可是挂不住任何东西的呀！

镇静！沉着！失控的飞机如醉汉在空中晃动，他要使尽洪荒之力按住这个醉汉不听指挥的腿，朝返航的方向艰难前行。他不会不知道，在飞机失控的情况下，一旦出现毁机的可能，飞行员可以跳伞求生。而这种危机就在下一秒发生，故而生死就在一瞬间，命运掌握在自己手上。

张超压根儿就没想到跳伞，保护战斗机，成功返航是他唯一的念头。自信、无私、决定了张超临危不惧，泰山崩于前而色不变，麋鹿兴于左而目不瞬。他的大脑高速地运转着，靠苦练千万遍而练就的手上功夫，果断地关闭一台发动机，以助机体的平衡。随后，他精准地校正航线，适当提前缓缓放下起落架。

时间好像凝固了，每一秒都有机毁人亡可能。指挥塔台的全体战友的心都提到了嗓子眼，指挥员也适时向张超发出随时可选择跳伞的指令。此刻，天空也幸灾乐祸地刮过一阵强气流，飞机周身如伤寒病人一般，遇到冷风发出一阵令人胆寒的痉挛。张超以惊人的控制力控制着在云层的惊涛骇浪中颠簸失态的飞机，在指挥塔台精确明晰的指挥导航下，这匹在半空中突然脱缰的野马终于被驯服，并被张超强按着他的头，乖乖地回到它出发的地面上。

当张超从容地掀开透明的驾驶舱盖，不少地勤战友朝他奔来。张超乐呵呵冲大家一笑，右手竖直拇指向战友们一伸，这是战友们所熟悉的张超的招牌动作，那意思就是说："战友们，你们是最棒的!"

面对"罢工"的发动机

抛锚，本是水上航运的专用术语，锚，是一种铁铸的停船所用的器具，一般用铁链连接在舟船上，随时可抛下水以便固定船只。陆上开车如遭遇熄火，人们也借以指代"抛锚"。

水上和陆地突然抛锚，给驾驶员带来的是纠结、郁闷。但是如果是在空中驾机遭遇抛锚，那可是要命的大事。

张超就遇到过战斗机空中抛锚。

那是 2012 年 6 月的一天，张超奉命紧急起飞，执行战备巡逻任务。

南海的局势如同南海的自然气象一样复杂多变，一会儿风起云涌，一会儿云淡风轻，一会儿闪电雷鸣，一会儿长虹卧波。张超深知，战备巡逻就是战斗，每一次出航都是实战，一样面临生死绝境，一样面临生死考验。

然而今天的危机却来自飞机自身！

这次危机同样没有丝毫征兆。张超驾轻就熟地驾着战机，穿云破雾，风驰电掣，一双鹰隼般的眼睛，警惕地巡视着沧海云波，就像陆地上的边防线边防战士骑马挎枪守边防，不放过任何一个疑点，不留下丝毫隐患。他熟悉这一片空域，也正如骑兵熟悉边境的草木山川。

突然，他感觉机身一阵剧烈地痉挛，这种抽搐般的抖动不同于遭遇强气流的时产生的颠簸，倒像人体打摆子般全身发软直打哆嗦！这种异常是罕见的，他甚至说不清这种感觉来自哪个器官，是手？是脚？还是肺部、肝胆？似乎都不是，又似乎都是。

张超意识到了问题的严重性。一名成熟的飞行员，遭遇空中险情最重要的是镇静，然后尽快作出精准判断。残酷的现实表明，今天遇到的是一种类似于人的生命体征完全消失的静止、停滞，它给人带来的是机毁人亡坐以待毙的绝望，至少也是悬在空中一落千丈孤立无援等待搜救的极度恐慌。

上述这些体验和感受，是针对普通的飞行技术和心理素质的飞行员而言的。张超不然！张超是谁？张超是具有坚定信仰和远大理想的飞行尖子，是先后飞过多种机型，每次起飞都力求飞到极致的飞行超人。

张超在瞬间作出判断：空中停车。张超虽是第一次遇到空中停车，但课堂上的教授给他讲过，图书馆的书架对他说过，资深的飞行员对他聊过，甚至报纸电视也向他传播过同类案例。人们普遍认为，如果飞行员在驾驶战机时发生了“空中停车”，首先应是跳伞，因为飞行员是国家的宝贵财富。战斗机作为国家之利器固然宝贵，但一旦“停车”很难挽救，重新启动发动机的可能性几乎为零。

这一切，作为为飞行而生的张超全部都懂。但是张超此刻想到选择的没有第一第二，只有唯一——尽全力保护战机。

停在空中的战斗机并非真停，引擎停了机身却急速下坠，无数坠机案例就是源于此祸。

张超明显感觉到，窗外一朵朵白云在飞快地上升，上升！他真想将手伸出舱外将这些白云一朵朵按住！他必须挽狂澜于既倒，否则，后果不言而喻！

时间凝固了，白云却没有凝固，而是还在幸灾乐祸地飞升。张超此刻沉着得像一池纹丝不动的水，冷静得像一块冷峻坚实的冰。左发动机停车！他当机立断，熟练地关闭左发动机的油门，然后以他千锤百炼练就的“一手准”的绝技，心细如发地调整着右发动机的油量。

他懂得，油是战斗机赖以生存的血液，他像一个出色的心脑血管医生，正在给病入膏肓的心脏骤停患者做起死回生的抢救手术。他恨不能将自己全身的热血输入战鹰的“血管”。他采用的是“单发”状态下孤注一掷的冒险飞行措施。张超深深懂得，“单飞”飞行中，飞机受力不均，很难保持平稳的飞行姿态，而且“单飞”对飞机的推力明显减少。最多可达八成，飞机的爬升性能减弱，巡航性能变差，这些都是张超此行的严重挑战和极大障碍。

纵使前方是刀山火海，下方是万丈深渊，也决不弃机跳伞！张超自信，凭自己的强大心脏，定会处置好因战斗机“心脏”问题而带来的天大难题！凭自己平日的刻苦历练和理论学习，完全可能挑战不可能，创造成功返航的奇迹。

这是一次驾机与维修由一个人同步进行的实操表演，这是一种对当事者智商、情商、逆商进行突然袭击式的综合检测，这是一场惊心动魄的空中大考，这是一档以碧海蓝天为背景的展示当代军人用生命扛起使命担当的现场直播！

经与地面指挥台的密切配合，张超竟然驾着出现重大故障的战斗机有惊无险地降落在机场。

满天的云彩不什么时候由白变红，像是无边无际的鲜花，向着英雄的飞行员表示祝贺。

那如火如霞的红树林和挺拔俊朗的哨兵般排起长队的棕榈树，也一齐朝着张超和他的战机热情地招手。

教科书上查不到的战术

深秋时节，南海蓝得令人陶醉。波翻浪涌中，一群群海鸥悠闲地逐浪而行，此起彼伏的鸥鸣声，应和着大海跌宕起伏的涛声风声，构成一首恢宏壮阔的海天交响曲。

突然，这场交响乐大演奏的主旋律被一排排凌空飞跃的战斗机的阵阵呼啸而取代。苍茫的大海上。一场荷枪实弹的对抗演练拉开了雄浑而神秘的战幕。

显而易见，蓝军的兵力优势大于红军。蓝军依仗海岸的天然屏障，空中还有数架战斗机傲视海面，组成海陆空立体防线，死死挡住红军的去路。蓝军的军舰则如一条潜水蛟龙，躲在封锁线后，虎视眈眈地遥望这边。红军的机组必须通过这条几近天罗地网的封锁线，去与蓝军的舰艇对决。

这是一场从起跑线上就不均等的两军对垒，这是一次红军难有胜算的海空抗衡。好比棋局初摆，红方就被拿掉了“半边车马炮!”

然而，蓝军的指挥员并没有因为拥有明显的优势而表现丝毫得意和轻“敌”，他们深深懂得骄兵必败的古训，也十分明确以张超为长机的对手绝不是省油的灯。他们甚至军演前派出“卧底”了解张超的独特战术，知己知彼自然百战不殆。严防死守，兵来将挡，控制住张超所驾的长机，是这场抗衡的重中之重。

蓝军红军都是人民海军，手掌手背都是娘身上的肉，这次“战争”谈不上谁得道谁失道，战胜对手的目的都是为了保卫南海报效祖国。在目标一致的情况下，战术、意志、准确的判断和灵敏的反应，是克“敌”制胜的硬件和软件!

张超作为红军机组的长机，衔命驾机，可谓逆风起飞，迎着前方强悍的陆空立体防御系统，以锐不可当的气势，疾驰而去。500 米，300 米，150 米，100 米……眼看就要撞上蓝军机组，地面观战首长不禁心跳加速，血压骤升。蓝军官兵面临一马当先飞来的张超的战机，惊愕不已："这拼命三郎今天是接反了线还是吃错了药?"

近了，近了，相距仅 80 米了，只要再往前一秒，不，半秒！两机相撞即将发生在眨眼之间！

海浪，掂起了脚尖。海风，停止了喧闹。海鸥，睁大的双眼。海礁，也伸长了颈脖探头张望。

突然，张超一个敏捷的前下突进，矫健的战鹰如一只掠过浪尖的海燕，贴着海面呼啸而过，任凭雪白的浪花去亲吻机舱底下的起落架，又像是浪花在冲洗海燕肚皮上的乳毛。

这种超低空飞行，使防守蓝军猝不及防。殊不知为练就这门绝技，张超付出了超出常人数倍的汗水和心血。就为了刚才这惊险的低头一钻，张超为此画过了多少演练图，算过多少大数据，进行过多少模拟实战的飞行，恐怕他自己也记不清了。台上一分钟，台下十年功。广袤海天，就是空中健儿、天之骄子的人生舞台，然而台上的光彩，是无数心酸苦难积累发酵后的涅槃升华！

长机成功突围，僚机随之跟进。海面上一时战局出现瞬息突变，张超率先突破防线后，立即拉起机身，调整空中最佳方位，精准地锁定目标。

目标就是前方海面上蓝军舰艇。红军突围尚不算获胜，只有用演习"导弹"击中蓝军舰艇方能告捷。

而蓝军也不是吃素的！阻击红军机组的蓝军战斗机虽然对张超机组的"钻裆"猝不及防，但当张超贴海飞行成功突围后，他们如梦初醒。训练有素的蓝军虽然"足下"失误，但被张超这一巴掌扇醒后立即调转机头急速追来，力图阻止红军机组向舰艇开火。

海空对决，生死一瞬。张超早有预料，他深知作为长机，当断则断，兵贵神速！他用快捷得令人惊叹的速度，精准无误地锁定目标，果断地按下导弹发射按钮。演习专用导弹带着尖厉的啸声喷涌而出，在湛蓝的海天之间划上一道道红色的弧线，弹头准确地落在蓝军舰艇之上，随即升起弥天的烟火。

张超笑了，一串哈哈冲上云霄。

后生可畏

有人把战斗机比作空中利刃，那么飞行员就是手持利刃的刀手。刀手身手敏捷，利刃才能游刃有余，才能生成强大的杀伤力。利刃不同于关羽的青龙偃月大刀，不靠自身体型硕大和执刀者超常膂力取胜，更需要的是执刀人的超常大脑。

张超与战友空中对决的奇招妙术之多，令人瞠目！

今天的对手有些特别，他不是“雏鹰”级的青年飞行员，而是飞行时间近 2000 小时的“老鹰”级飞行宿将。这位对手不仅理论功底可比教官，驾驶技术堪称典范，而且身经百战且百战不殆。

一场令人瞩目的空中对抗演练开始了。“老鹰”老成持重地驾起战鹰，如疾风闪电跃上高空，然后在空中傲慢地稍事停逗，好像在不屑一顾地向对手呼唤：“放马过来！”

张超深知今天获胜不易，但他依然神态自若，呼的一声

“小鹰”矫健地飞上半空。“老鹰”毫不客气地向“小鹰”扑将过来，两机形成罕见的对峙局面。

这是两颗心脏的无声抗衡，这是两个大脑的近距离对决！

僵持仍在继续。“老鹰”已成功将“小鹰”锁定。接下来的一幕极有可能是“小鹰”的中弹就范。

危如累卵，千钧一发！

张超似乎坐以待毙，老鹰有些洋洋得意。

突然，张超的战鹰一个一百八十度大转弯，像一条被渔民即将捉住的泥鳅，一转眼就在视野里几乎消失。

“老鹰”不禁一怔，随即镇静下来。高手对决，善变方为王者！“老鹰”辨明方向，以泰山压顶之势向“小鹰”扑了过来。“小鹰”一个鹞子翻身，巧妙地闪身让对方扑了一空。这一扑一闪，足可以让观战者惊出一身冷汗！

“老鹰”冷笑一声，心想，“你这几招不过是花拳绣腿，学前班中等水平罢了！”他步步紧逼，咬住不放。

张超使个拍马便走的拖刀计，将“老鹰”诱入身后相应距离，突然一个醒狮回头，势成反击。

长空比翼，精彩无比！“老鹰”和“小鹰”双机交叉的一瞬，“老鹰”调动2000多小时之飞行经验，与“小鹰”作稍占优势的对峙，然后静观其变，打算一旦有隙可钻，就三下五除二降服这个愣头青。

就在这难解难分双机交叉的一瞬，张超以流水疾风之势，让飞机展开急速倒转。好像一个顽劣的儿子，好不容易被严父逮住，刚要动手教训一顿，儿子又调皮地从父亲手中逃脱。

“老鹰”傻眼了，一种被戏弄的感觉涌上心头！“这小子怎么不按常理出牌?”他正百思不得其解,“小鹰”居然又一个急速掉头后转,玩魔术般向自己扑来,又不知为什么咬住了自己的机尾。

“呯呯”两声,演习炮弹被张超发射出去,“老鹰”打了个踉跄,来不及弄明白对方的战术,就拖着长长的浓烟尾巴,“逃之夭夭”地回到地面。飞机是落地了,但悬念还在空中!“老鹰”心中的谜团,像刚才驾机穿过的云团,看似透明,实则深邃。

输也要输个明明白白!“老鹰”迎上凯旋的张超,“好小子,服你了!不过你得告诉我,你刚才用的那一套野路子,从哪里学来的?航空大学的教材上绝对没有,不会是西点军校弄来的吧?”

“西点军校向我学还差不多!哈哈哈哈!”张超收起哈哈,认真而诚恳地说:“您是飞行高手,确实很难对付。不瞒您说,为了今天一决,我在地面上琢磨了一个星期,多方了解您的驾驶经验和风格、方法,琢磨应对您的措施。”

“老鹰”大惊:“后生可畏!遇上你这样的对手,令人太恐怖了!”

张超坦诚地吐露心迹:“琢磨您看起来是为了战胜您,实际上是向您学习,掌握实战要领。老实说,您在空中的老奸巨猾,还真名不虚传!嘿嘿!”

“呵呵!”老鹰嗔笑着说:“你这小子,得了便宜还卖乖!服了你了!飞行员是集文韬武略于一身的特殊职业,有你这样的飞行小将,令人欣慰呀!跟你对决,虽败犹荣!”

张超心中涌起一股暖流!“老鹰”的坦荡、包容,豁达和豪爽，这些都是他很难超越的。

“你手上是什么？”“老鹰”有点好奇地打量张超手上一个大笔记本。

“随手做的一些记录，也记点心得。”说着递给“老鹰”，“这本子上还记有您的相关信息。”

“老鹰”翻开笔记本，只见页页都写得密密麻麻，其中几页写着自己空中训练中一系列参数、常用战法以及思维、行为习惯等方面的特点。“老鹰”终于明白：“拔剑之前，胜负已定！”

“报国强军”四字，对于张超来说，不是停留在嘴边的口号，而是四支熊熊燃烧的火炬。这火炬能点燃飞行员的血液，点亮奋斗者的灵魂！

穿行在吕远的旋律里

南海，世界各种势力博弈的大棋盘。包括广袤的海域看似云淡风轻，其实上空无时不涌动着变幻无常的国际风云，海底无时不涌动着来者不善的重重暗流，而这类风云和暗流的始作俑者，穷兵黩武野心勃勃的“巨无霸”有之，狐假虎威螳臂当车的隔壁阿二有之。

作为保卫祖国大南海的一线作战部队的飞行中队长，张超以常备不懈的状态随时准备紧急起飞。2013 年 3 月的一天，新婚不久的张超得知上级命令部队派出战斗机转场西沙群岛执行战备值班任务，于是以“万丈长缨要把鲲鹏缚”的豪迈主动请缨。

《西沙，我可爱的家乡》是张超最喜欢的歌曲之一，作曲家吕远以海一般的深情，一咏三叹地展示了祖国宝岛的美丽富饶，吕文科、卞小贞刚柔相济酣畅淋漓地唱出了西沙军民的爱国情怀。还是在岳阳市七中求学时，张超偶尔听到一位音乐教师引吭高歌这首令人荡气回肠的歌，于是找来歌本认真学唱。岳阳市七中还有一块校牌是“岳阳市音乐学校”，拥有较强的音乐教学师资，为各类音乐学院输送过大量生源。张超主攻方向是“考飞”，但受校园不绝于耳的笙歌所潜移默化，加上嗓音天生洪亮透明，其音乐天赋得以开发和放大。从十年前歌唱西沙到今天转战西沙，保卫西沙，高亢动人的音符点亮了张超的西沙之梦，他真想立即驾机直奔西沙，飞向《西沙，我可爱的家乡》那如梦如画的优美意境，护佑西沙的蓝天碧海，绿树银滩。

其实，团首长在调兵遣将布防西沙时，首先就想到了张超。张超具有高超的飞行技术、扎实的理论功底、敏捷的应变能力，更重要的是他一腔坚定和强烈的报国情怀。此番使命非同一般，且航程较远，任务紧急，张超担此重任非君莫属，于是慨然允诺张超的自荐。

这是张超第一次驾机飞向陌生的机场。陌生，不仅仅指它的遥远，还有陌生的环境，陌生的气象。

飞行员的航程永远都是陌生的，张超想，“我干的就是穿越陌生，征服陌生的活！”出发了，战鹰呈良好状态，向南、向南！张超明白，中国领土的最南端是今天的目的地。

不当南海的空中卫士，岂能真切地感受祖国的幅员辽阔，透过机舱玻璃俯瞰苍茫大海，只见湛蓝的海面上，一串撒向远方的珍珠在阳光下烁烁发亮。张超知道，那是我国最南部的群岛。海浪掀起雪浪花亲吻的海岛的礁石，又像挂在绿岛胸前一串银色的项链。也许是因为这串串项链的诱惑，才有那么多贪婪者的虎视眈眈。

正当张超为祖国的大好江山而感受独有的审美愉悦时，突然发现前方彤云密布，刚才还万里无云的天空，顿时换了一张狰狞的鬼脸。随着飞机的推进，一座座乌云的山峰以排山倒海之势向机组压降过来，张超驾着战机迎战乌云“撞”了过去，也许是这勇敢的一撞，倒撞出了一条黑咕隆咚的隧道，正好容飞机飞过，前面不远竟发现“山”有小口，仿佛若有光……复行数十步，豁然开朗……怎么搞的？天上也有桃花源？陶渊明笔下的桃花源不是在我家乡湖南吗？张超心里想。

飞出“世外桃源”，里面又是一阵暴风骤雨，短短一个多小时，就经历了昼与夜的连接，晴与雨的交替，风和云的变幻，张超听父亲说过岳阳筻口六月雨隔田塍，也读过且能背诵刘禹锡的竹枝词：“杨柳青青江水平，闻郎江上踏歌声，东边日出西边雨，道是无晴却有晴！”那是唐代蜀中风光，怎么搬到千年之后的南海上空来了！

“谓余有仙风道骨，可谓神游八极之表。”张超一边用理工男的思维掌控着战鹰，而潜意识中又在李白《大鹏赋》的浪漫豪放中潇洒地穿行。

终点到了，这是一个跑道不足训练机场一半长，而风向变化又远高于海南的“微型”机场。修建者绞尽了脑汁，才在小岛上鼓捣出这么一片可供作机场的面积，高处俯视，颇像航空母舰的甲板，而且由于天空中风雨光顾，这艘“航母”还真像在波峰浪谷中颠簸。

张超定了定神，用他那敏捷的计算机般的大脑极快地运算了一下速度、距离和跑道长度，以及相关数据，用心中的定力无声地点击了一下他脑际的“降落”二字，校正机身，对准那短促得一个踉跄就有可能越过的跑道，平缓下降的同时，从容地放下起落架，然后后轮轻轻点地，随即前轮着陆，在一眨眼间放好减速伞，战机带着穿越截然不同自然环境和气候的兴奋，打着呼哨滑向跑道，然后一个“立定”竟如钉子一般钉在停机坪上。

这一切做完，张超立即自拍了一张余勇可贾的凯旋照。可惜当时腾讯的微信正在研发中，他只能将这份喜悦和自豪储存起来，择日给父母和妻子张亚分享。

“嗨啰……在那云飞浪卷的西沙岛上，有一串明珠闪耀着光芒……”张超放开歌喉，把战士的情怀和飞行员的豪迈，通过跳跃的音符和自由的节奏，撒向无边的蔚蓝和有边的葱绿……

“哪里来的滚回哪里去！”

南海，全称为南中国海或中国南海，中国近海中面积最大的海区，58020 多公里的中国大陆海岸线上，美丽富饶的领土和资源丰富的领海，共着一个神圣不可侵犯的领空。

曾几何时，某超级大国垂涎中国南海的战略位置和海洋油气矿产、海洋能、热带亚热带生物及港口航运、海岛旅游等诸多资源，想着我们的珊瑚礁焦躁不安，看着我们的红树林眼睛发红，念着我们的海草床席不安寝。时不时派出军舰闯入南海，210 万平方公里的海上风云变幻，波诡云谲。临近的某些蕞尔小国受某超级大国恶意怂恿，或因乎自己的贪欲膨胀，竟然也螳臂当车不自量力突发奇想，派出侦察机时常潜入南海鼓噪骚扰，妄图或明或暗在南海啃一口长生不老的唐僧肉。

祖国的领土领海领空岂容强盗横行？作为一线作战部队，南海舰队航空兵某团承担着维护南海主权权益的神圣使命。张超和他的战友们严阵以待，枕戈待旦，几乎每天都有可能紧急起飞，迎战那些悍然入境或秘密侦察的外机。

2014 年 5 月，西沙群岛上一片葱绿，珊瑚岛热带常绿林像身着迷彩服的士兵，忠实地守卫者这片国土。浩瀚南海一碧万顷，悠然翱翔的海鸥，用白色的翅膀，深情地丈量着辽阔的海疆。

突然外军一架体型庞大，装备精良的侦察机，幽灵一般鬼鬼祟祟，偷偷摸摸地潜入我领海的上空。

当天战备执勤任务接踵而至，机场上仅剩张超这架备份机了。对付如此规格的外机，本应双机迎战，但一时无法组队双机，指挥所命令张超单机执行战斗起飞任务。

命令虽已下达，指挥所依然不放心：显然，外机来者不善，机上飞行员肯定是老奸巨猾的空中名谍，而张超年纪太轻，实战经验有限，加上所驾机型性能远不如外机，由他与外机单打独斗，是一场极不公平的抗衡，胜数显然不大，甚至可以说未开战即成败局。但是军情紧急，兵贵神速，时不可待，单机起飞迎战已是别无选择！

接到命令，张超应声而起，驾起战鹰迅疾飞向指定目标空域。他深知“单刀赴会”的艰险，此行只有长机没有僚机，外机与我机机型完全不在同一重量级，未曾对阵，其势已输！

但是，张超研发的“张超算法”不仅能精准计算物质层面硬实力的参变量，还能算出属于精神层面软实力的自变量。经他一算，顿时变得信心满满，气势昂昂！他坚信得道多助，失道寡助，双方装备实力确实悬殊，但外机属于违反国际法的失道行为，极不光彩！而我正义在手，正气在胸，为祖国主权而战，为民族尊严而战，其势远胜于彼！

上述心理活动，不需要占用多少时间来完成。也许张超就在穿云破雾中的一瞬间想到了这些，当他定睛捕捉目标时，那个不怀好意的庞然大物出现在他的视野中。

显然，外机也发现了张超的存在，但是外机并没有出现动作的变化，装聋卖傻般地我行我素，如像在自己家客厅里踱方步。

不对！这里是我们家的客厅，没有谁邀请你来踱方步！于是，张超按照相关规定，迅速调整速度和外机的距离，沉着冷静一步不落地实施跟踪监视。

这是一种有形的警告！这是一种无声的抗议！这是一场海空之上正义与邪恶之间的抗衡，这是一场愤慨与傲慢的交锋！

外机驾驶者果然老奸巨猾，倚仗其体型庞大所具有的低速特性，像一个匆匆疾行的疯子突然变成一个缓缓行走的瘸子，在空中耍起了无赖。

怎么办？张超所驾的歼－8Ⅱ战斗机，属高空高速截击机类，高速是其优势，而低速则是其劣势。况且，这架备份机上还带着3个满负荷的副油箱。空中交手，哪怕多一公斤负荷也有可能成为压死骆驼的最后一根稻草，而如处置不当，这三个满满的副油箱岂不是三捆索命的稻草？立即减速、减速！不行啊！空中可不比地面，减速不当，其后果必然是失速，因失速而导致机毁人亡的战例不胜枚举。

怎么办？张超平时训练中想过的问题，居然说来就来了！说时迟，那时快！人家已超低速了，妄图我失速继而失利直至失事。休想！张超急中生智，顾不上去擦额上不知何时冒出的汗珠，娴熟自如地操纵仪表，像是在空中举办个人钢琴音乐会，潇洒而飘逸。他果断放下襟翼，以增加行进中的阻力和外力，用平时练出的驾机本领，平稳地调整飞机姿态，寸步不让地咬住外机。

海空之上，一时间出现角斗平局，没有硝烟的空战呈现胶着状态。

外籍飞行员傻眼了：今天是遇上对手了！哪有这么玩的？跟我斗，看招！外机干脆一赖到底，继续减速，慢到近乎爬行。那架势仿佛在说："我是流氓，我怕谁？"

张超没想到这家伙如此赖皮，也没想到外机的研发制造者竟是如此地为虎作伥！他定了定神，大脑如同一台极速运转的计算机进行大数据分析，终于脑际火花一闪，计上心来。他干脆收起了前后缘襟翼，驾着战机咬住外机的一侧，竟然使出不按牌理出牌的倔强，自创一套S型机动飞行方法，在空中扭起了秧歌。

这不仅是一种教科书上找不到的航向航线，而且也是一种摧毁对方心理防线的迂回战术。岳飞的金句“运用之妙，存乎一心”，在这蓝天碧海的空中对峙中得到了印证。张超熟读细研《孙子兵法》，“兵无常势，水无常形，能因敌变化而取胜者，谓之神”，张超正是运用的这种源远流长的东方智慧，而独辟蹊径，险中取胜的。

“蛇！天上还有蛇？对了，是龙！这个是以龙为图腾的大国呀！”外机飞行员大惊失色，即使是身经百战的对手也未见过这种阵势，看来这方天地不大好惹！如果恋战，尚不知落个什么下场！外机见势不妙，三十六计走为上，干脆夹着尾巴灰溜溜地逃之夭夭。

张超终于有心情哈哈大笑了：“哈哈哈哈，滚吧！哪里来的滚回哪里去！滚得远远的，别再让我看见你！”

“好！”耳麦里传来指挥所的评价：“漂亮！张超，你真棒！”

张超驾着战机凯旋，把一串自信、自豪的“哈哈”撒向南海，播向太空！应和着张超开心的笑声的，是永兴岛的椰风，永乐群岛的涛声。

低飞、高飞！快飞、慢飞！直飞！曲飞！张超临危不惧，处变不惊，他用一道道闪耀着青春之光、正义之光的航迹，飞出了中国军人的刚毅和智慧，飞出了伟大祖国的神圣与尊严！

第六章　刀尖舞者

“你就是张超吗？”

航空母舰，目前世界上体型最大、结构最复杂、功能最齐全、威力最强的武器之一。它是大国重器，被人们称为“海洋霸主”，可以说是否拥有航空母舰，是评判一个国家综合国力强弱的重要条件。而航空母舰战斗力的形成，主要依赖起降于其甲板上的舰载战斗机。运用航空母舰，一个国家可以在远离其国土的海域，不依靠当地机场的情形下，对当地施以军事压力或军事打击。从这个意义上说，航空母舰是一个国家领土的延伸。

中国海军呼唤航母，国防安全需要航母。拥有中国自己的航母，是几代中国海军人的梦想。苏联解体后，中国从乌克兰购买了“基辅号”“明斯克号”“瓦良格号”等退役航母，供航母研发参考之用。

2012 年 9 月 25 日，中国第一艘航母横空出世，体量宏大、气势磅礴的“辽宁舰”正式向全世界揭开其神秘的面纱，中国海军从此迈入航母时代。当这条具有里程碑意义的消息在央视《新闻联播》发布，国人精神为之一振！“辽宁舰”承载着中华民族的百年梦想，航母是强国强军的主要标志！

当晚坐在电视机前的张超和战友们兴奋不已，彻夜难眠！

同年 11 月 23 日，“航母战斗机英雄试飞员”戴明盟驾起我国自主研发制造的歼－15 舰载机，沉着老练地对准正在波峰浪谷颠簸摇晃的“辽宁舰”上的有限跑道，随着上午 9 时 8 分“嘭”的一声石破天惊的巨响，战鹰四平八稳地降落在甲板上。

张超怀着崇拜和敬畏的心情，欣赏着电视画面，“帅呆了！酷毙了！戴明盟飞的潇洒，飞的完美！这一飞标志着我国固定翼飞机由陆基向海基的历史性突破！”他兴之所至，想起了儿时经常听到爸爸张胜华哼的那几句京歌：“做事要做这样的事，做人要做这样的人！”

2013 年 5 月，中国海军第一支舰载机航空兵部队正式成立。这是一条令全中国人民欢欣鼓舞的喜讯，也是一条令大洋彼岸五角大楼头痛失眠的消息。

2014 年 4 月底，又一条消息引起国内外人士广泛关注，中国自主培养的首批舰载战斗机飞行员成功完成辽宁舰上起降。随着两位穿着橘黄色服装的飞行助理展开刚劲的弓箭步，手臂手掌坚定地指向前方，停泊在甲板上的歼－15 战斗机矫健地展翅飞上蓝天。电视机前，张超激情澎湃，心生双翅，情不自禁地迈开弓箭步模仿飞行助理做了个帅气逼人豪气冲天的动作，嘴里还旁若无人地大呼：“走起！”

中国海军航母梦圆，张超心中的舰载梦也在这一刹那唰地被点亮！

2015 年初，一个令张超心驰神往喜出望外的消息，在琼岛上的南海舰队航空兵某团驻地传开了："海军舰载机部队来团里，在三代机飞行员中挑选舰载机飞行员了！"

正在战备执行的张超此刻反而显得异常平静，平静得令他的战友们颇感诧异。这是他面临的又一次人生道路上的重大选择，他早就渴望这一天到来。

此时此刻，他的脑际回放起一组令他终生难忘的画面。那是一年多前的 2013 年 8 月 28 日，他在央视《新闻联播》中看到中共中央总书记、国家主席、中央军委主席习近平当日上午冒着风雨来到海军某舰载机综合实验训练基地，观摩舰载机滑跃起飞、阻拦着地训练，勉励官兵再接再厉、深入钻研，勤学精练，早日成为优秀的航母舰载机飞行员。当天下午，习近平总书记又风雨兼程赶往大连，登上了辽宁舰，叮嘱辽宁舰舰长和政委，"你们要牢记职责，不辱使命，早日形成战斗力和保障力，为建设强大的人民海军作贡献！"

"我也要加入这个英雄的团队，按照习近平总书记的殷殷嘱托，我愿付出毕生的精力乃至生命！"电视机前张超信誓旦旦地对自己，更是对祖国、对人民许下庄严承诺。

这次率队来海南挑选舰载机飞行员的，正是张超仰慕已久的海军某部舰载航空兵部队部队长戴明盟。戴明盟作为我国第一批航母舰载机试飞员，创造了若干个业内第一：第一个完成执行极限偏心偏航阻拦试验，第一个执行飞行阻拦着陆试验，第一个完成地面滑跃起飞，第一个绕舰飞行，触舰复飞。2012 年 11 月 23 日，戴明盟驾驶歼 –15 舰载战斗机在辽宁舰成功阻拦着舰，成为中国航母放飞“战鹰”第一人。2014 年 8 月，习近平主席签署命令，授予戴明盟“航母战斗机英雄试飞员”荣誉称号。

来不及考虑更多，张超迫不及待地找到戴明盟下榻处，一向少年老成的他竟冒冒失失地敲开了部队长的房门。

“首长，您好！”

“你好！找我有事吗？”

“有天大的事。我要报名，跟你去当‘飞鲨’队员。”

“你叫什么名字？”

“张超。弓长张，超越的超。”

“张超，你就是张超。”

“首长，您知道我？”

“你们团长介绍过你，说你是飞行尖子，准备提拔你当副大队长。”

“首长，别说是副大队长，大队长也不当！我要当舰载机飞行员！”

“好样的！”阅人无数的戴明盟早已利用对话完成了目测，张超那种向往“飞鲨”的真诚和激情，强烈地感染着求贤若渴的部队长。

从不奉承首长的张超，憋不住心中的敬仰，唱起了赞歌：“首长，您是我们战斗机飞行员的偶像，我在电视上看过您驾着‘飞鲨’成功着舰辽宁号的英姿……”

戴明盟谦逊地打断他的话，单刀直入地问：“张超，你知道驾‘飞鲨’的风险吗？”

“知道！”张超不假思索，对答如流，“据大数据显示，舰载战斗机飞行员的风险系数是航天员的 5 倍，是一般战斗机飞行员的 20 倍。据资料介绍，美国海军 10 年内摔毁了 105 架舰载机。”

“是啊！”戴明盟语气变得沉重，“舰载机之路，是一条铺满钢铁碎渣和热血忠骨的艰险之路呀！”

张超扬起脸庞遥望窗外天穹，朗声说，“也是一条通往正义与和平的胜利之路哇，哈哈哈哈！”

“说得好！”戴明盟紧接着说，“更是一条追逐梦想填补空白的强军之路、强国之路哇！”

部队长浑厚坚定的声音，使张超感受到强烈的心灵震撼。回到宿舍，他奋笔疾书：“人民海军要想走向远海深蓝，就要有一群不畏暴风雨的海空雄鹰！”

铁骨与柔肠

首长曾问张超：“如果真去舰载机部队，你有什么困难没有？”

“没有任何困难！”张超如斩钉截铁地回答。

其实他的困难显而易见：夫妻团聚不满一年，女儿张尚明珠未满周岁。张亚用近乎恳求的声音说：“为了你，我辞去杭州令多少女孩子羡慕的工作，刚刚过得好一点，我已经向在银行工作的表姐咨询了办理房贷的程序，买房的计划都做好了，你把女儿叫作含含，不就是含在口里怕化了，抱在怀里怕飞了的意思吗？我们的含含还不到一岁，不走吧，这一走又是天各一方！”

尚不懂事的小含含拉着爸爸的手，噘着小嘴嘟哝，仿佛在说：“不走吧，爸爸，不走嘛？”

张超疼爱地抱起了女儿，柔声说：“含含听妈妈的话，含含是个好孩子，爸爸以后回来，给你买个大熊猫。”

含含仍不为所动，使劲地摇头，像是说：“不嘛，我不要大熊猫，我要爸爸！”

张亚也擦了擦眼角的泪花，用三分嗔怪七分哀怨的声调说：“超，我一向都让着你，追你追到天涯海角，追到了，你又飞了。海南岛的神鹿也知道回头，你就那么心狠？把我和含含丢在海南？”

张超知道张亚嘴里这么说，其实心里还是担心他的安全，于是干脆把心窗打开：“你是不是看战争灾难片看多了？对我放心不下？”

“你还算懂得一颗妻子的心！超，不走吧，那舰载机太危险了！万一……”

“万一就万一！张亚，你也是军人，军人嘛，就应该视死如归……”

张亚一把捂住丈夫的嘴，她最忌讳那个字眼，她要让丈夫活得好好的，她要天天听着他的哈哈醒来，枕着他的哈哈入眠！

“超，你就让我一回，就一回！”张亚从背后拦腰抱住张超，企求用缠绵的情丝缚住丈夫那颗驿动的心，“我不想看着你在刀尖上跳舞。”

张超轻轻掰开张亚的手，转过身来紧紧抱住爱妻，用四分愧疚六分坚定的语气说：“对不起了，你跟我吃苦受累，还担惊受怕！我欠你的太多了。但是军人的使命是保家卫国，飞行员的战场是碧海长天……”

“这里不也是保家卫国吗？这里不也是碧海长天吗？”

“张亚！”他的口气变得严肃起来，“舰载机需要飞行员，我们的祖国需要航母，需要自己的舰载机！没有舰载机，哪来太平洋上的话语权？没有国家的安全，哪来家庭的安全！你不飞，我不飞，我国航母什么时候才能真正形成战斗力！”

“我知道，你心里最放不下的，是大海，是蓝天！是航母，是舰载机。在家庭和舰载机之间，你只选择舰载机！”

“不，我都要！正是为了千万个家庭的幸福平安，我才做出这个选择！你懂的！”

一番话说得张亚的心海里波涛汹涌，她深知丈夫的志向，也了解他的性情。她也是人民解放军的上尉军官，她爱他，也懂他，最终还是服从了他的意志。丈夫选择了舰载机，她选择了支持丈夫的选择。

舍此别无选择！妻子说服了，但是父母会支持这个选择吗？

“超儿，你要想清楚，我们在电视上看过，那航母上飞比地面上飞要难得多！我和你爸爸不愿你去冒这个风险！”李四荣一边抹泪一边给儿子打电话。

张超深知父母的忧虑和担心。父母双双年华向老，唯一的儿子不仅不在身边，还放弃了当教官选择南海一线空中作战部队，这就够让父母提心吊胆的了。如今又把自己逼上刀尖去跳舞，怎不令做父母的柔肠百结，挂肚牵肠？

男儿有泪不轻弹！电话这边，儿子早已泪流满面。他的泪绝非为怯懦而流，而是为感恩父母的大爱而流！

“爸爸妈妈，飞舰载机是儿子多年的梦想，建立强大的航母，是我们祖国的百年梦想，儿子的梦想融入国家的梦想，这是儿子最大的幸福！飞舰载机虽然有危险，但儿子我技术好，点子高（岳阳俗语，指运气好），爸爸您开拖拉机，当电工，不也没出过事吗？我是您的儿子，我会四平八稳地开的，放心吧！”

别了，海南！

用岳阳话说，张超终于将父母妻儿都基本“摆平”了，但人家舰载航空兵部队是否批准进入，还得经过严格的测试和考察。毕竟这支部队不是一般三代机飞行员可以进入的。

这是一次吹毛求疵的测试，部队长戴明盟、团长张叶亲自主考，这就是说，关公在当耍大刀的应试者的考官，鲁班在主持木匠技艺的测试。

平稳，流畅的飞行，在蔚蓝的天空划出一道优美的弧线。俯冲科目测试时，飞行员对高度、俯角的对应关系是否精准严格，是判断其飞行技术、心理素质优劣的试金石。

张超的俯冲是数据精准到极致的空中芭蕾，高度 400 米时，他用的俯冲角恰成 20 度；高度 200 米时，他采用 10 度俯冲角。这只有资深飞行员方能掌控的高难度技术，他却掌握得娴熟自如，无懈可击。

优秀的飞行员在驾驶战机时必须心无旁骛，必须具备强大的心理素质和强大的抗干扰能力。可谓刁钻古怪的考核组挖空心思制造若干障碍，以破坏他的飞行思路，引诱他误入“陷阱”。张超横竖不分心，不上当，任你心机算尽，我自心如古井。

2015 年 3 月，在别处还有春寒料峭，海南岛已是万紫千红，春深如海了，在一个春风浩荡的日子，张超接到正式命令，以优异成绩被选拔进入海军某舰载航空兵部队，成为中国海军最年轻的舰载战斗机飞行员。

别了，南海！别了，椰树林！最是难舍那修长挺拔的椰树，最爱你挺立在 12 级台风中的不屈身影，愿你更坚韧，更顽强！

别了，南海！别了，歼 -8Ⅱ！

别了，团长、政委！别了，朝夕相处，并肩作战的战友们！

别了，爱妻！别了，宝贝女儿！我一有空就会回来看你们的，抱你们，吻你们！

捧出绿色，是大山的抉择；投向大海，是江河的抉择；扑向蓝天，是苍鹰的抉择；奔向草原，是骏马的抉择。

张超再次做出人生路上重大抉择，靠的是坚定的信仰、牢记的使命和无悔的担当。

点燃生命的能量

辽东湾，中国纬度最高的海湾，也是中国边海水温最低、冰情最重处，每年严冬，陆上白雪皑皑，朔风萧萧，海面冰封玉砌，顿失滔滔。北国风光，煞是壮观！

海军某舰载航空兵部队陆上训练基地，就在这个海阔天空之野，卧虎藏龙之地。

这里集合着一群以身许国，大义凛然的勇士。国之利器，以命铸之！舰载机上舰飞行，人称“刀尖上的舞蹈”，是航空母舰形成强大战斗力的关键一环。

张超伫立3月的海天之间，遥望万里长天，白云朵朵，如绽放在蔚蓝之上的滚滚硝烟，他仿佛听到空中滚过阵阵霹雳，他知道，那是战士心灵深处的炮声，也许这一串串震耳的惊雷，就是想象中的他驾着战鹰与敌机浴血奋战时发出的正义之弹！

他掏出手机，想与妻儿来个视频通话。转念一想，还是发个微信吧！

“亚，想你！也想我们的含含！昨夜我与你们视频通话后，我们团的政委到宿舍看我们两个插班生。首长很关心我们，也担心我们比别人少学两年，赶班不上。亚，我得笨鸟先飞，用勤补拙。未来一年，你别来探亲，等我驾战机从航母上凯旋，再与你和含含相聚！”

昨天晚上，团政委刘磊带着自己家乡的茶叶，专程看望两位新来乍到的插班生张超和袁伟。

刘磊清楚，我国第一艘航空母舰辽宁号以入列超过两年，为加速战斗力建设，“等米下锅”的部队，从海军第三代机部队破格挑选舰载机飞行员，这不是万里挑一，这是全军挑二！

“提笔安天下，下马定乾坤！”这幅门联有气势！营房有条不成文规定，每名飞行员的宿舍门口，都要贴上自撰的门联，以激励自我自强不息，不辱使命。这些年轻气盛的空中骄子们多是文武兼备，因此飞行员宿舍门口门连成了各自抒发报国强军豪情壮志的金句大展览。看到张超的这一幅，刘磊顿觉眼睛一亮，心头一振！

“张超，你好！”

“刘政委！您来了，嘿嘿嘿嘿！”

“提笔安天下，下马定乾坤！写得好！”刘磊将茶叶递给张超：“尝一尝，比你们的君山银针差多少？”

张超没想到首长提包茶叶来看他这个插班生，一时手足无措，竟不敢伸手去接，只是乐呵呵地傻笑。

刘磊将茶叶放在桌面，再与张超促膝谈心，发现这个年轻人活泼好动，嘻嘻哈哈，不禁皱了眉，心里说，“这孩子能飞好吗？”

张超似乎看出了政委的忧虑，待其转身走出门后又赶紧追了上去挡住政委，依然嘻嘻哈哈地说：“嘿嘿！嘿嘿嘿嘿！政委，请您放心，嘿嘿！我不会掉队，真的不会掉队！嘿嘿！”

刘磊不是认为年轻人不能嘻嘻哈哈，作为政委，他深知“飞鲨队”肩上的使命之神圣，也深知锻造空中利刃之艰难。何况这批尖刀都已经磨砺淬火两年了，你张超作为插班生，该要付出多大的努力方可跟上这个训练有素的集体，你知道吗？亏你还笑得出来！

接下来的事实足以证明刘磊的担心并非杞人忧天！

5 月 13 日，张超正式开飞，10 月份结束某新型机的改装训练。

尽管从大学到训练基地，再到海南岛作战部队，张超一直都是飞行尖子，创造过类似“第一夜航”“第一放单飞”等众多第一，但是北上后的张超必须将过去的一切荣誉和记录统统清零。有道是“好汉不提当年勇！”何况这里的同期学员比你早到两年，学业已达中期，也就是说，人家都上“大三”了，你才从“高中毕业班”直接插班进入“大三”。在这批个个有万夫不当之勇的好汉堆里，你张超还能称好汉么都得打个问号，还有什么当年勇可言？

一切从零开始！严格地说，从负数开始！这不，人家都已勤学精飞早你两年了，这是一种起跑线极不一致的赛跑，张超跟得上吗？

顾名思义，张超就是张开翅膀，超过去，超过去！感谢父亲给自己取了这个不畏艰难的好名字！他点燃了生命的能量，踩足了青春的油门，目标强军的航向，吃了秤砣铁了心，全速驶入快车道！

白天的理论课，知识点密如牛毛！他全神贯注地听讲，做笔记。夜晚，他除了埋头整理笔记，还得自学落下的前两年的理论课。就寝之前，他凝神静气地在脑幕上回放操作要领。起床号未响，他早已将功课又复习了一遍。

今天是星期六，又是难得的好晴天，战友们邀张超到营房外散散心。“你们去吧！我还得还债呀！”张超说后嘿嘿直笑。

“你欠谁债了？是欠孩子她妈的相思债吧？”战友艾群经常看见张超与妻子和女儿视频通话，知道他俩夫妻情深。

“艾哥，我真有好强烈的负债感！你说，国家培养一个舰载机飞行员，该要付出多高的代价？你说，我要是飞行不过关，上不了航母，我不是欠了人民天大的人情债吗？”张超说这段话时，不仅打不出哈哈，还觉得一阵沉重感山一般向他压来。是啊，他不仅学业如牛负重，责任担当更是沉重如山啦！

时间！时间！在张超看来，万物皆下品，唯有时间高！祖国的航母的战斗力的形成，他仿佛听见倒计时的秒针行走声！我是国之重器航空母舰战斗力中的一颗螺丝钉，我必须尽快掌握舰载飞行规律，熟练其操作技艺，我不能悠闲地行走，也不能疾步奔跑，我要飞，要用知识和勇气的双翅去奋力飞翔！

有一天，张超工作过的南海舰队某航空兵团副团长郭占军来张超现在驻地院校进修，张超闻信后欣喜异常，来舰载机部队后，张超时刻都没有忘怀四季花开的海南岛，日夜牵挂关怀激励自己成长的首长和朝夕相处情同手足的战友。而这位副团长对张强关怀备至，这次北上，都有立即见面畅叙昔别的强烈愿望。但是训练和学习时间紧张，一次次约会又一次次推迟。

张超豁出去了，像破釜沉舟的将军，像背水一战的壮士。时间，时间！花钱买不到，只能向双休和节假日要！双休日，他把自己绑在冰冷的飞行模拟器上，“走！”训练周而复始，超量往复，仿佛飞行模拟器上绑着的不是五尺血肉之躯，而是钢铁铸成的金刚神兽！他的室友艾群多次听见张超在睡梦中喊着“对中，看灯，保角……”飞行梦，舰载梦，对张超来说并非是借代和形容！

加盟“飞鲨”，成为刀尖舞者，从没亲眼见过航空母舰的张超，饶有兴致地开始对这国之重器的理论学习。

首长和教官告诉他，航空母舰的运行是一个庞大的系统工程。航母启航出海，并非独往独来，根据国外惯例，一般配有两至三艘巡洋舰或护卫舰，一至三艘攻击型核潜艇，一至二艘综合补给舰。航母的运行依靠远程指挥、预警、通信、补给等综合保障，舰载机则是航母这支巨大的步枪上的寒光闪闪的刺刀，是国之重器上的军之利刃，航母作为人们俗称的“海上霸主”，其强大的海上作战威力，主要体现在所载的舰载机组。舰载机是对海、对空、对地作战的主要实施者，而航空母舰则是舰载机载体。这个载体是可以运动的，如果把舰载机比作希腊神话中的大地女神和海神的儿子安泰俄斯，那么航母则是安泰俄斯所赖以获取无穷力量的大地。

张超从航母的出航编制中，读到了舰载机飞行员的使命与神圣。早日着舰，当强大的中国海军之空中利刃，保卫祖国的碧海蓝天，成为张超越来越清晰的奋斗目标。

着舰！着舰！张超魂牵梦绕的是着舰，走火入魔的为着舰而训练。他将自己的微信昵称取为“含含爸·查理”，“含含爸”，顾名思义，含含的爸爸，宝贝女儿张尚明珠的乳名叫含含，而含含这俩字的内涵还包括天下所有的父母含之如饴的孩子，保护祖国的花朵，就是保护祖国的未来，这是所有爸爸的责任，更是人民战士的担当！“查理”是张超给自己取的英文名。张超一向反对崇洋媚外，但取名“查理”事出有因，因为“查理信号”在英文中就是着舰信号。听到“查理信号”就表示舰载机飞行员即将着舰，这个英文名就是张超着舰梦的一个吉祥符号。他知道，着舰是对飞行员，也是对舰、对飞机及全体协同作战的指战员的一场生死大考，这个考场就在蓝天大海之间，而被吸引的是全中国乃至全地球的目光。张超从空军航空大学求学起就是考场学霸，飞行超人，如今离梦想越来越近了，他得展翅奋飞，全力迎考，圆梦着舰，驰骋海天！

飞行训练中，张超更是珍惜时机，苦练精飞。他把每一次飞行当实战，把每一个细节当大考。

插班生，逆风起飞，越战越勇！

肌肉记忆

舰载飞行是勇者的专利，更是智者的独门绝技，是大智大勇在海天之间的完美契合，“刀尖上的舞蹈”“炮口上的杂技”一类的美称，也难以形容其惊险神奇于万一！

明知山有虎，偏向虎山行，以身许国早已将生死置之度外的张超，也深深懂得国家培养一名舰载机飞行员花费的代价之昂贵，是令人咂舌的！既要把生命抵押给死神的血性之勇，还要有为报国强军而珍惜生命的理性之念，为圆我强军梦实现报国志，最实际的行动就是苦练精飞，攻关克难！

对飞机油门的操控之精准无误是舰载飞行的特别要求，因为油门控制之精准直接关系到着舰的成败，油门杆位置哪怕 1 毫米的偏差，着舰的可能也只能是零。

张超铆足了劲攻克这 1 毫米的偏差，无数次模拟操作，细心揣摩技术原理，机械重复训练手上功夫。可以说，他为这1毫米的消除，付出了无法用数字计量的心血和汗水。他常常警告自己：放过这1毫米就是对使命的亵渎，对祖国的不忠诚，这也是对战友和自己生命不负责任！

与油门控制同样重要的，还有飞机迎角的精准。长空飞鹰不比闲庭信步，飞行员稍有操作疏忽即可能差之毫厘失之千里。舰载飞行的飞机迎角的偏差不能超过5%，否则，刚才还在惬意飞行，瞬间就可能机毁人亡！

除了这些，飞行员还得有精准无误的方位感，必须聚精会神地观察舰面情况，飞行员用手操控的是飞机操纵杆、油门杆及令人眼花缭乱的仪表，用心操纵的是整艘航母乃至一方海天！因为一旦进入实战状态，那么瞬息万变的战场都必须装入舰载机飞行员的心中。

熟能生巧，勤能补拙，唯有付出超出常人数倍、数十上百倍的努力，才有可能赶上飞行时间比自己多数百小时，甚至上千个小时的师兄。

张超的训练方式有些是怪诞的，离奇的，甚至是令人匪夷所思的，他将橡皮泥揉成一团，放在地板上反复踩踏，同室战友艾群对此百思不得其解，原来张超在训练中感到模拟器上刹车装置还不够助他练得精准无误，于是他想出这个看似笨拙其实妙不可言的怪招，橡皮泥踩扁了再复原，复原后又踩扁，如此循环往复，直至练到心想多厚脚就可踩多厚，得心应“脚”，刹车用力之精准，是一块橡皮泥给了张超灵敏的感觉。

张超就这样以拼命三郎的狠劲勤学苦练，也许他投身“飞鲨”之初还没料到飞机上舰如此难于上青天！改装舰载机是飞行操纵习惯的彻底颠覆！陆基战斗机着陆是收油门减速，而舰载机却是推油门加速着陆，防止挂索失败，以便再次起飞。挂索时间仅有 2 秒，这惊心动魄的 2 秒钟内，飞机时速从 200 公里突减至零，张超感觉全身血液急涌头部，眼前的一切全是一片血红。

正如二胡教师收徒时，总是宁可收一张白纸式的学生为徒，因为“一张白纸”没有不规范的那些习惯，更便于规范施教。而有不规范拉奏“技艺”的学生要先消除自己的不规范，自然比“一张白纸”付出至少是双倍的努力。张超面临的正是类似的尴尬。改掉一个习惯，比养成十个习惯都难，再难也要养成，一般记忆无济于事，就来飞它十遍、百遍，形成“肌肉记忆”，还不行，再飞百遍，形成“骨髓记忆”，还不行，那就飞上千遍铸成溶入皮肉渗入骨髓透进血脉的“灵魂记忆”！张超进入“飞鲨队”一年的飞行起落，相当于过去 7 年的总和，况且这不是简单的量的叠加，每一次模拟着舰，都是中国人航母梦百年压抑的一次心动的释放，而这种释放承载着飞行员超量的负荷。

2015 年的一个秋日，带教飞行训练现场一名战友即将起飞，张超气喘吁吁地跑了过来，找到这名飞行员和指挥教官，建议暂缓飞行。

那名战友颇觉意外：“迟不来早不来，等我要飞了你却来要我停飞，张超你什么意思?”

张超微笑着解释说，改装中有个设备没改到位，为此他查了资料，还向原来的部队战友电话咨询，随即他与工程技术人员一道动手改装，确保战友带教飞行的顺利平安。事后张超还专门为此处改装写了一本书，并标注做改动之处，供战友学习借鉴。

功夫不负有心人！张超就这样拼命地练，顽强地飞，训练水平突破怪圈一路飙升，训练科目全获优评，虽迟到两年，却奇迹般地后来居上，综合成绩竟然领先全班。飞行训练的“主业”之外，张超在20多天内，整理视频资料200余份，撰写心得体会2万多字，还将自己改装经验及理性思维写成论文，发表在团里舰载飞行杂志《尾钩》上，这期杂志一时洛阳纸贵，全员珍藏，张超也因此完成了航母舰载机部队战斗力的形成作出的理论建树。

两极金钱观

张超平时生活节俭，令战友们唏嘘不已。

有一夜，张超看完书后准备洗漱一下就寝，他在卫生间翻来覆去搜了个遍，还问同室战友艾群，看到他的洗发液没有。艾群提供线索说，今天有保洁员来打扫过房间了，是不是与此案有关?

张超一听言之有理，立刻像箭一样射了出去，打着小手电筒从垃圾桶里翻出那瓶已成空壳的洗发液瓶，乐得嘿嘿嘿嘿笑出声来。

张超捡回失而复得的洗发液瓶，正欲用来洗浴，但尽管他将瓶子倒置，并用力磕碰，那瓶子老是倒不出来一两滴洗发液。张超毫不气馁，小心翼翼地将瓶内注入少量清水，用手摇摇，再举置头上，这下好了，总算有稀释若干倍后的

"洗发液"流出来，洗浴室里终于传出轻松愉快的歌声："要问飞行员爱什么？我爱祖国的蓝天……"

张超的飞行生涯中，所驾的机型不断更新换代，但是一把剃须刀却从一而终地为他服役。衣柜里空空荡荡，只有几件军装，几双运动鞋。床下两个小箱子里装的全是书籍和资料。

张超的战友每到节假日邀请张超进城，总是遭到婉拒。战友们说他是舍不得"两花"，一是要自我加压，利用节假日训练和学习，怕花时间，二是怕花钱。

无论在海南岛，还是在葫芦岛，张超探亲回家总是坐普通火车摇摇晃晃二十几个小时，他乐此不疲。家人和战友劝他坐飞机，他推说飞机不如火车方便，懒得倒腾，其实就是嫌机票贵。他曾做过这样的换算：一张机票和一张火车票的差价，等于父母亲三个月的生活费。

然而对自己如此吝啬的阿巴贡，对待他人却堪比梁山好汉中仗义疏财的柴进。

每次从老家岳阳探亲归来，他总是把妈妈腌制的腊鱼、腊肉、萝卜干，人手一份地分给战友，让弟兄们分享洞庭鱼米乡的美食，是他最大的快乐之一。

还是在海南岛时，那年适逢中秋，他和妻子张亚精心烹制了一桌湖湘风味十分浓郁的湘菜，把那些单身战友请来聚餐，席间有人问张超为什么没请首长吃饭，张超笑着说："请首长？有这个必要吗？首长们都有家，家里有好吃的嘛！哈哈哈哈，咱们吃好，飞好，让首长满意，放心就行了，吃！哈哈哈哈！"

在舰载机部队驻地，战友们的伙食待遇很高，但战友们还是津津有味地吃着张超给他们带来的酱板鸭，张超探亲归队总是像搬家似的，一带一大箱酱板鸭，一人一只地分给战友，家乡特产君山银针新茶刚刚上市，他就要妻子张亚托人给战友们带来两大包。看到闻到满室洋溢着洞庭湖的芬芳，张超乐得眉开眼笑："别小看我们岳阳的君山银针，大唐贞观十五年，文成公主入藏时，所带的嫁妆里就有岳阳的茶叶，君山茶香在雪域高原飘了一千多年，还将永远飘下去，哈哈哈哈!"

2008 年 5 月 12 日，四川汶川发生 8.0 级地震，张超的心随着巴山蜀水的大地而颤抖。一名四川内江的同学家里房屋被震塌，张超闻讯后第一时间将自己攒下的津贴悉数捐出，成为全班为灾区捐款第一人。

在海南岛驻地时，战友石宇阳是张超同乡，平时石宇阳乐观开朗，有一段时间沉默不语郁郁寡欢。张超了解到小石家急需资金做生意，便主动将工资卡借给他解燃眉之急。

对养育了自己的故乡，张超一往情深。

岳阳筻口镇南沅村，是张超的诞生地。这里远离城镇，像是一个遗落在山野中的梦，偏僻、野性、古朴、原始，一条狭窄的弯弯山道，连接着梦醒时分。

正式唤醒这个酣睡状态的小山村的，是一条宽阔坦荡的村级公路。

张超儿时走过那条路，爷爷奶奶一直住在这个山清水秀的村里。每次回家探亲，只要时间允许，张超都要来看爷爷奶奶，为爷爷捶背，为奶奶洗脚，将自己从海南带来的椰子，挖个洞倒出新鲜椰汁让老人家喝。一把椰糖一瓶酒，隔壁左右走一走，聊不尽的天涯海角，理不清的乡恋乡愁。

南沅村口耸立着一块修路功德碑，碑上镌刻着“张胜华捐款3500元”字样。这笔钱是张胜华的儿子张超分两次寄出的。张胜华说：“超儿时常在电话中询问老家的乡亲们田里收成怎么样？谁家的土坯房换成红砖房了没有？村里的路修的宽吗？钱凑齐了没有？听说资金还有缺口，二话不说在捐过500元的基础上又捐出3000元。路修好后，超儿要我给他拍了张照片发过去。”

岳阳巴陵橡胶厂的一草一木，都是张超心头的牵挂，桂花树该开花了吧？等到桂花飘香的时候，筒子楼的走廊里该是花香四溢，沁人心脾了！

每到探亲假，张超总是将筒子楼里的邻居请到小饭店吃上一顿团圆饭，满满地斟上酒，敬了大妈敬大叔，感谢父老兄弟对他家的关照，祝愿大叔大妈健康长寿。

巴黎橡胶厂老厂长陈继岳用地道的岳阳话赞张超：“咯只伢子，讲起仁义来下不得地！”

批评的特效药

民间有种现象，人们夜间行走或荒郊野外行走时，明明觉得走出很远，却又鬼使神差地绕回原地，就这样循环往复，夜行者走到东方日出，定睛一看，这不还是出发地吗？

人们把这种意识蒙胧状态下找不着北的现象称作“鬼打墙”。

张超的舰载机飞行之路并不平坦，陆基模拟训练中期，他遭遇的着舰技术反复期，一如夜行者遭遇“鬼打墙”，绕来绕去，怎么还在原地徘徊？

这是一个令人啼笑皆非的过程。就飞行技术而论，战友们都评价张超飞行状态是行云流水，然而此期间却常如逆水行舟。偶尔得到教官一次高分，又像篮板球一样被弹了回来。他一度变成了希腊神话中的悲剧人物西西弗斯，将一块巨石，从山下推上山顶，喘息未定之际，巨石又轰隆隆滚下山来，他还得再次将巨石往山上推，周而复始，无休无止。

张超不愿当西西弗斯，因为他的使命不是徒劳无功地往山上推石头，而是飞出“飞鲨”队员的一身绝技，实现强军报国之梦想。

怎么办？虚心请教，向教官要技术，向专家要秘籍。每一个架次落地，张超走出机舱就迫不及待地纠缠上教官，“逼”使教官毫不客气地指出飞行中出现的问题，刺刀见红地开刀解剖，抽丝剥茧地弄清理论，面命耳提地学习实操。一直到让教官和战友把自己批个痛快，把问题弄得一清二楚，把解决问题的方法、技能学会并不至遗忘，这才真诚地向大家敬礼道谢，打着一串响亮的“哈哈”匆匆离去。

张超是中国传统文化和东方智慧的传承者，也是受益者，他从《尚书·大禹谟》的“满招损，谦受益”的六字古训中得到真谛，既获得心灵滋养品德提升，客观上也成了最大受益户。

飞行日讲评，对于有些人来说是过关，但对于张超来说简直是过节！每次讲评，他几乎无一例外地第一个要求着舰指挥官和战友们分析自己动作中的毛病，他甚至为急风暴雨式、劈头盖脸式、六亲不认式的批评而陶醉其中。

“还有哪些问题？请老师和首长直说，骂我都行，我受得了，哈哈！”

“亏你还笑得出来！”一次讲评会后，一位战友好意规劝，“张超，你是万里挑一的飞行王子，莫是那样挖眼寻蛇打一般向教官和首长讨批评。没听说过吗？表扬和自我表扬，谁不爱呀？人哪，还得顾点自己的面子嘛！”

张超的“哈哈”打得更响了：“哈哈哈哈！我是飞行王子？就一凡夫俗子！表扬我也爱听，但是驾机飞行只听表扬就会云里雾里，只有批评是清醒剂，是特效药，治浮躁、改毛病的特效药！良药苦口利于病，忠言逆耳利于行嘛！哈哈，挨批评对我来说是捡了天大的便宜！哈哈，划得来！”

“当着那么多人挨批评，多没面子呀！”

“面子？什么是面子，虚荣心！天上飞要实实在在的技术，虚荣没有一点用！能当飞行员如果只顾面子，就会丢了里子！里子是属于事业的，面子是属于自己的，为了里子要面子干什么？”

略带湘音的话朴实无华，直抒胸臆，但逻辑严密，取向分明，这是对自己的价值观的深度诠释。正是因为张超具有这种为了事业不怕亮丑，为了实现矢之不移的飞行梦、强军梦而敢于直面自己的缺陷与不足，更显得他的一颗心坦坦荡荡，透明无尘。

2016 年 3 月，辽东湾上空风向突变。正在执行训练任务的张超奉命驾机起飞。他所驾驶战斗机的机蓬在机场南侧，平时由南向北起飞已成习惯，于是他依样画葫芦地驾起战机取道向北滑行。

但是指挥塔台的指令却是由北向南滑行，执行者与指挥者南辕北辙，原因是当天风向突变，指挥者据此临时改变方向，张超按思维惯性误入联络道后，立即坦诚地报告指挥员："我进错方向了，我检讨！"

事后，指挥者对张超说，我没有向你做风向已变而起飞方向改变的提醒，我也有失误，而张超大度地把错包揽在自己身上，表示一定吸取教训，下不为例。

坦坦荡荡地认错，认认真真地检讨，张超的心，水晶一样透明。

在一次飞行讲评会议上，战友们都夸奖张超这次训练飞行完美无缺，主持会议的首长也正在表扬张超飞的流畅平稳，张超却打断他的话，说："我自己还没发言呢！"

"好吧，那就说说吧！"

"我飞的并没有大家所说的那么流畅平稳，更不是完美无缺，我犯了一个无法饶恕的过错！"

战友们面面相觑。

"什么过错？"主持人问。

"我驾驶歼教－9G 起飞后，忘记了把起落手柄回到中立。这个看似细小的失误，也许一时不会带来什么恶果，但是会导致起落架液压系统处于高压状态，继而对管路造成疲劳。同时电门也因此而处于接通状态，接触点积碳增多，久而久之，直接后果就是电门失效，阻碍起落架的正常起落，如果是这样，好比人断了腿伤了脚，将会带来不可估量的损失。战斗机是高科技武装的特别精密的国之利器，作为飞行员，我应该像爱惜自己的眼睛，不，应该是生命一样呵护战机。而我今天的失误正好相反，这是不能容忍的，希望战友们从我的失误中吸取教训。”

张超的检讨引来了一顿严厉的批评：“你犯的是低级错误，像你这样的飞行尖子更不应该犯！是不是表扬听多了，有点自我膨胀了？或许是认为国家反正有钱，崽卖爷田心不痛？”

事后，有战友对张超说：“你吃错药了吗？讲评会上引火烧身！起落手柄忘记回位，多少人经历过，有人在会上说了吗？你自己不说谁知道？说了讨一顿批评丢尽面子值吗？”

“值！太值了！”张超居然还笑得出：“哈哈！一是为了自己醒脑，二是为了提醒大家，以后就不会有人再犯这类低级错误了。哈哈！这个面子该丢就丢，哈哈！面子哪有里子重要？”

张超一度在飞行中使用油门时存在一点痼癖动作，被细心的团长张叶发现，张叶语重心长地对张超说：“飞行无小事，小动作不当，可能惹大祸呀！”

原来在使用油门的一些细微动作，在正常状态下可能无足轻重，但是在特定情况下，比如在舰尾流、岛岛流等综合作用下，会导致飞机快速下沉，以致挂索偏差，无法着舰。尤其是如果不巧造成舰上阻拦索断裂，还会威胁舰上人员生命安全。美国一艘航母就曾经上演过断索如利刀腰斩航员的悲剧。

张超的心提到了嗓子眼！他万分感激张叶团长的严厉批评，他竭尽全力苦练规范动作形成肌肉记忆，像牛皮糖一样粘着老飞行员请教，很快就改变了在油门使用上存在的不良习惯。

闻过则喜，从善如流，听取批评时，脸上还带着微笑，说到痛点上，他还会嘿嘿地笑出声来。

笑容，是心底绽放出来的花蕊！

坦荡、诚恳，谦逊、单纯。用某舰载航空兵部队部队长戴明盟的话说，“他就是那种纯粹想把一件事做好，没有一丝杂念的人。”

2016 年 4 月的一天，张超奉命进行海外 30 米超低空飞行训练。30 米，也就是普通楼房第 10 层高度，这是一种难度较高的贴着地面飞行。训练结束后，一向十分关心张超成长的着陆指挥员戴明盟，开始了例行的讲评：“在下滑着陆的时候，中段有点变高，快接地之前，航线有点下沉，以后注意改正。”

这是一支特殊的军事精英组成的空中利刃似的部队，这支部队容不得一丝一毫敷衍和懈怠。戴明盟的严苛是出于对刀尖上的舞者的爱护。张超深知严苛是爱护的道理。他静如止水地倾听批评，尽可能一字不漏地记录意见。戴明盟回忆往事，十分感慨：“他很沉静，不会对任何一件事情过于兴奋或过于低沉。这是我最希望出现的状态。舰载机航空兵不应情绪化。他是非常好的一个舰载机飞行员……”

另一种飞翔

尽管我们十二万分的不愿意，但还得将 2016 年 4 月 27

日发生的令人撕肝裂肺铭心刻骨的故事讲下去！

辽东湾碧空如洗，张超的心情也和今天的天气一样晴朗，原因有二：一是如果顺利完成今天的飞行训练任务，那么再过三个飞行日就可全面达标，令他魂牵梦绕的驾机起降辽宁舰的愿望仅一步之遥了！二是因为他的爱妻张亚终于有机会来部队驻地团圆，这对心心相印但天各一方的恩爱夫妻将在一起共进晚餐，畅叙别情，尽情享受两人世界的浪漫温馨了！爱妻还将给他带来关于女儿含含的故事，还有父母的近况，还有关于海南岛驻地首长和战友们的情况，总之，妻子张亚还将给他带来岳阳的乡情乡恋乡愁，南海的海风海景海韵！

曾任张超教官，今天的着舰指挥官名叫王亮。张超从军路上有两位王亮，岳阳市七中教师王亮和舰载机部队教官王亮都是点亮张超梦想的人。此刻，王亮以 LSO 的身份郑重宣布，今天的训练飞行舰载机飞行员要飞三个架次，内容是比平时训练难度更大的低空和超低空飞行训练。

所谓超低空飞行，是指飞机离地面仅仅数十米的高速掠海飞行，把飞机几乎当舰艇开，而速度又快如闪电当空，航程虽短却是危机四伏，险象环生！其惊险程度比好莱坞大片中海战场面有过之而无不及。遇到海浪高涨时，贴海飞行的战机索性就在惊涛骇浪里穿行，乍一看去就像一艘飞速滑行的鱼雷快艇，其速度与激情的刺激可挑战人的视觉与心脏功能之极限！

张超沉着稳健地驾机贴海飞行，王亮满意地打出高分。

张超按捺住内心的激动，按照指挥塔台的指示，迎着海风登上“飞鲨”即歼－15 战斗机。他轻轻拍打机身，好像拍打这朝夕相处战友的臂膀，轻声说：“兄弟！我们出发啰，哈哈!”随即抬头向立于指挥岗位的王亮竖起大拇指，英气勃勃的脸上荡漾着阳光般灿烂的笑意，矫健伟岸的身段释放出活力迸发的青春气息。

第二架次飞行完成时已近中午，由于气候突变，第三架次飞行改为陆基模拟着舰训练。

这也是一块难啃的硬骨头，张超沉着应战，连续五次在海天之间翱翔往返。这是一种一比一的“高仿真”模拟训练。张超深深懂得，千里之行，始于足下。正因为他懂得基础训练的重要，才会脚踏实地完成每一道程序，每一个动作。他渴望早日驾起“飞鲨”，像他的偶像戴明盟一样用坚定的信念、扎实的功底、完美的操控，成功地阻拦着舰，成为中国自主培养的舰载机飞行员，成为随时准备迎战空中之敌的一把锐利尖刀。

京广线上，由南往北的列车在华北平原疾驶，硬卧车厢车窗边折叠式座位上，端坐着一位穿着连衣裙的女青年，她文静中透着军人的干练，端庄里折射着知识女性的优雅。

她是张亚，一位深爱着丈夫，也像丈夫一样深爱着祖国的海军上尉。她把军装叠得整洁而挺括后，放在行李箱内，特意穿上这件色彩浓而不艳，式样娇而不媚的连衣裙，这是丈夫给她买的，平时很少穿的连衣裙。张亚穿着这件得体可人的连衣裙，自然赢得不少回头率，但是她深知女为悦己者容，她精心打扮只想让丈夫一个人欣赏。车过石家庄了，这位特别的观众离她越来越近了，想到这里，张亚掏出手机拨打，“对不起，您拨打的电话已关机。”

她知道，张超的训练飞行还没结束，否则，他是不会关机的，尤其是久别后即将重逢的今天。只要是休息时间，她的白马王子绝对秒复她的微信，说不定干脆来个视频通话，送上一个只能用心灵感知其温度的热吻。都中午了，也该吃午饭呀，飞行员可是国之瑰宝，怎么能饿着肚皮干活呢？真叫人心疼，然而张亚也是一名携笔从戎的军官，她懂得，作为舰载机飞行员，尤其是张超这样后来居上的插班生，哪能像机关工作人员一样按部就班？正如郁钧剑唱的“既然是来当兵，既然是来保国，当兵的吃苦受累算什么？”军人这个名词的内涵就是奉献，就是牺……

张亚不愿往下想了！她是肩扛使命的军人，也是普通的女人。她和丈夫一样具有报国强军的家国情怀，她也和天下所有的女人一样渴望家庭幸福家人平安。这次与张超重逢，选择的时间是张超经过一年多的攻关克难，奋勇攻关，即将顺利突破模拟着舰这最后的险……张亚想到这个“险”字，心头猛然一紧，不！这是最后一道难关！宁愿丈夫千难万难，不愿丈夫有丝毫危险！

她信守夫妻间的约定，这是一个严苛而残忍、温馨而浪漫的约定，为了使张超集中精力陆上苦练天上精飞，一年之内夫妻不见面，待到正式驾驶“飞鲨”上辽宁舰时，张亚带着他的心爱的女儿含含，站在欢呼英雄凯旋的队伍里，为张超献花。因为张超的着舰梦是夫妻俩共同用大爱的情丝编织的梦，梦圆时分，夫妻团圆，这是军人之家独有的幸福与甜蜜！

世间万般苦，莫如相思苦！半年前，张亚实在挡不住思夫的煎熬，利用假期专程从天涯海角来过一次辽东半岛。她也是将小含含先寄放在岳阳，因为在岳阳，含含有爷爷奶奶、外公外婆的呵护。她从岳阳赶赴辽宁，怀着久别后重逢的热望，还捎带着这个有老有小的家庭全家的牵挂，默默来到丈夫所驻的营房前。她想不顾一切地闯进军营去拥抱爱夫，她甚至设计好了抱他、捶他厚实宽阔的胸，然后……一系列的动作程序，在设计这个程序的过程，她有一种美妙至极的感觉！

但是，作为军人，她懂得军纪军规，她也懂得丈夫的脾性，她在丈夫营房前徘徊良久，还是没有冒冒失失地闯入“军中大帐”。她多么希望此刻正好丈夫走出营房，不，哪怕是他那魁梧挺拔的身影在她眼前远远地一闪，即使是侧影、甚至背影也行，让我看盯十秒，不，一秒也行，看一秒也是一种最醉心的奢侈，闻一闻丈夫身上从远处飘来的汗香也算一种莫名的抚慰，那气味可令一切品牌的法国香水黯然失色！

终于，这一秒、一闻的奢望也被不解风情的朔风吹散，但朔风再烈也吹不断军人妻子的百结柔肠！那一次徒劳的往返，她对丈夫守口如瓶，那是为了不让丈夫分心。这一次，夫妻俩事先通过电话，而且双方的首长都对这对夫妻的重逢给予了亲切的关注。

“列车运行前方是保定车站……”播音员的声音打断了张亚的思绪。她拿起手机点击丈夫的微信，还是没有出现令她怦然心动的小红点。

这次探亲张亚还有一项特殊使命，那就是务必怀上二胎。

张超前面的三个哥哥都在四岁前夭亡，作为张家的一根独苗，他的父母、爷爷奶奶、姑妈姑父都如大旱之望云霓一般，盼望张亚为含含生个小弟弟。男孩传宗接代，永续张家香火，这是民间传承千年的习俗。张亚是善解人意的知识女性，她十分理解长辈的心情，自己也希望能为张超生个男孩。当张超飞天梦圆、舰载梦圆时，他们的二胎梦也该启航了，想到这里，张亚的脸上泛起幸福的红晕。

哐当！哐当！哐当当当……

列车载着期许、期盼，合着心灵的节奏，向北疾驰。张亚抬腕看表，时钟指向 12 时 10 分。

辽东湾，张亚心中的辽东湾，张超身处的辽东湾，模拟训练基地上空，张超正精神抖擞地进行陆基模拟着舰。

“张超，起飞！”王亮干练果断地下达命令。

“是！”张超一面朗声应道，一面得心应手地开着、滑出、拉伸……银鹰引擎发出畅快的低鸣，就像他从肺腑发出的呼吸声。机尾喷涌出蓝色火焰，继而展开双翅昂然而起，一飞冲天。

地面上，首长和战友们遥望蓝天，为张超的飞行技艺击节赞叹。

须臾，战机在蓝天划出一道优雅的弧线，围绕陆地上那“艘”模拟航母，像鸟儿依恋鸟巢，沿着“舰”航线对中俯冲，对准那块在空中看来飘忽不定若有若无的“航母甲板”，精准降落，首先是后轮触地，转瞬间前轮触地，接着拉升复位……

周而复始，从容不迫。观赏张超驾机着舰时的前轮和后轮，像是观赏钢琴家郎朗在键盘上跳跃的手指，灵巧、笃定，其道行深不可测，其情趣妙不可言！

随着一阵阵掌声和喝彩，“甲板”上清晰地迭印着5道油黑发亮的轮胎擦痕，像是铺展在大地上的五线谱，记录着一首荡气回肠的强军之歌。

京广线上，车轮滚滚。列车上，略感疲惫的张亚毫无躺下休息的欲望。与丈夫越来越近了，仿佛能听见他的心跳，他的喘息，他那令人迷恋的“哈哈”了。她打开手机查看微信，还是没有看到那个令他望眼欲穿的小红点。快了！也许下一分钟手机铃响，电话就是他打来的。

辽东湾，海上的薄纱还在飘动。模拟着舰训练基地上空，张超正余勇可贾地驾机飞行。地面上，首长和战友们在翘首盼望，期待着今天训练这最后浓墨重彩的一笔。张超决心凭自己良好的状态和精湛的技艺，把整个团队圆满的句号写上大地，把“飞鲨”队员的豪情壮志写上长天。

王亮比别人更多操一份心，作为现场指挥官，而且还是张超的飞行教员，他目不转睛地盯着这个得意门生所驾的战斗机，观察其一分一毫的姿态和线路变化。知生莫过师，王亮和张超之间的似乎也有一种类似孪生兄弟的心灵感应，倾听无线电耳麦传来的任何细微的声响，哪怕是一声喘息，一声咳嗽，王亮都能感知张超的飞行状态甚至面部表情。这是由共同梦想共同追求铸就的同频共振。

飞机开始流畅地向下滑飞，目标精准，速度均匀，节奏平稳，就视觉效果而言，可谓完美无缺。就技术层面而言，可谓无懈可击。王亮以资深飞行教官的火眼金睛，目睹张超驾驶的战斗机沿着标准的下滑线从他眼前掠过，又一步不落地目送战斗机平稳降落。

阻拦拉索如一排横卧的水兵严阵以待，张超驾着他的“飞鲨”开始心细如发地实施他飞行生涯中的第 634 个“进近”。

这个令寒风屏住呼吸、令海鸥驻足观望的“进近”堪称十全十美，令人击节赞叹！飞机平稳地飞向模拟航母甲板的第三道阻拦索 4.5 米左右，后轮兴奋而稳重地点地，像黄豆豆燕式跳时脚尖轻触舞台，肯定而轻盈！落点恰到好处地落在舰载战斗机最理想的着舰位置，像从天而降的空中飞人那神奇的脚尖，合着轻快的节奏，准确地落在助演的头顶之上，令全场战友齐声喝彩！王亮公事公办地在记录板上打出本场最高分。

京广线上，车轮滚滚，心潮滚滚！列车上，张亚无心去餐厅就餐，也无心观赏窗外铺展的北国暮春景色，她再次拨打丈夫的手机未果，抬腕看表，时针指向 12 点 59 分。“马上到一点了，饿坏了吧！”张亚正在寻思，突然手机铃声响了起来。张超大喜过望，一看屏幕，是含含爷爷的电话，张亚滑屏一听，“妈妈！我是含含！”

“含含，听爷爷奶奶的话！”张亚叮嘱。

“含含听话，爸爸不听话，他一直不开手机！”

原来女儿也在用爷爷的电话找爸爸！此时此刻，有两台手机分别从不同方位去连接同一台手机，一家人借助电波把美好亲情写在大江南北，长城内外！

张亚被女儿的童稚童趣逗笑了，心情变得晴朗起来，“含含，不是爸爸不乖，是因为他还在天上驾战斗机！”

小含含撅起的小嘴张开嘿嘿地笑了，“嘿嘿，那还差不多，爸爸开完飞机就会开手机的。”

“对！含含，听爷爷奶奶的话，别到处乱跑，外面有大灰狼……”

“我不怕大灰狼，我爸爸妈妈都是解放军……妈妈，我昨天见到爸爸了，好帅好帅！”

“你是在梦里见的吧？”

“不是，是在视频里，爸爸的牙齿好白好白，比含含的牙齿还白！”

“哈哈哈哈，那是因为爸爸是离太阳最近的人，晒黑了！哈哈哈哈！”

列车在疾驶，张亚的笑声如一串银铃，在车厢里回荡。

辽东湾，模拟着舰训练现场。

终于，这架雄姿英发的战鹰已进入本架次最后的滑行，在场人们一直绷紧的神经终于渐渐松弛下来。接下来出现的一个惊天大逆转，让所有人神经再次突然绷紧，一个个猝不及防，瞠目结舌！

张超驾驶的歼－15战斗机，突然昂起头变成一头疯狂的吼狮，狂啸着扑向天空！

王亮和张超的耳麦同步响起警告：“电传故障，电传故障！”

这对英雄的师生都明白，电传者，战斗机中枢神经控制系统也！电传故障，此类机型最大的故障，致使飞机神经紊乱失灵的故障，类似将智者瞬间变成了疯子的不可抗拒的灭顶之灾！

仪表精准地显示，电传故障突发在 12 时 59 分 11.6 秒。飞机三轮着陆平稳滑跑时机头居然会呈 80 度仰天跃起，翻遍世界航空史也属罕见！

抉择，人生中最重大的抉择，以这种十万火急的态势摆在张超面前！

其实，按照特勤处置规定，此刻的张超不存在抉择的问题，唯有立即跳伞，抓住最佳时机跳伞，他完全可以化险为夷，保住宝贵的生命。

然而张超就是张超，爱祖国，爱人民，爱蓝天大海，爱航空母舰，爱与自己朝夕相处的不会说话的好战友、好兄弟歼—1 5 航载机，这种大爱深爱已经渗入血液渗入骨髓，危急时刻，他也许想了很多很多，也许他只想着一件事，那就是以死相拼，以命相搏，保护国之利器歼 – 15 舰载机！为中国的舰载机事业保留一份宝贵的资产，因为他太懂得这只战鹰的物质与精神层面的双重天价！

时间就是生命，而且是一个负有特殊使命身怀飞行绝技万里挑一的国家之栋梁行业之精英的风华绝代之生命！指挥塔台和训练指挥岗同时果断下令：“跳伞！赶快跳伞！”

地面上首长和战友都在高呼：“跳伞！跳伞！”

精密的现场摄像视频，忠实地记录了机舱内发生的一切。张超以令人匪夷所思的镇定与坚毅，倾尽全力将操纵杆推向极致。

推！拼命地推，他像一名徒手的勇士，用尽全身力气强按住一头桀骜不驯的狮子狂怒的头。

推！死命地推！他要将罹难的战友——歼15舰载机推出苦海，推向平安！

推！玩命地推，他要倾尽自己生命的能量，点燃即刻就要实现的梦想！他要用一名“飞鲨”队员的全部气力，将中国的航母推向深蓝！

视频画面上，张超眼睛喷火，钢牙咬断，健硕的臂膀上肌肉抽搐，全身迸发出类似羿射九日奋力张弓时和夸父追日忘命奔跑时才可能出现的男神特有的巨大张力！这是一尊感天地泣鬼神的青春雕塑，它的美属于令人身心震撼灵魂净化的壮美、崇高！

京广线上，列车飞驰。张亚望着窗外一株株一晃而过的白桦，自然想到丈夫那挺拔伟岸的身躯……

“哐当，哐当！”

列车似乎听到了首都的心跳，开始了明显的加速，爱的力量是可以感染和传递的，火车也是如此的善解人意，甜蜜的笑意已顺着张亚俏丽的嘴角直上眉梢。

辽东湾，令人心急如焚的辽东湾。

59分16秒，任凭张超拼尽全力地强推操纵杆，机头还是蛮横地向上猛蹿，巨大的速度惯性，使机身痉挛般地弹出地面 20 多米。

“呼！”人们看到一个连着钢铁质地座椅的魁梧身躯，冲出机舱，重重地摔在冰冷而坚硬的水泥地上。

就在这一瞬，飞机如同一头玩得筋疲力尽的困兽，轰隆一声坠下地来，顿时燃起数十米高的熊熊烈焰，烧得地面似乎都一阵痛苦的抽搐。

现场的指挥员和战友们一边呼喊着张超的名字，一边飞也似的奔向倒在血泊中的张超。

京广线上，北上的列车似乎受到某种暗示，猛然加速。硬卧车厢里的张亚对车轮的节奏十分满意，这种类似在洞庭湖绿洲上麋鹿群撒欢奔跑的节奏，很是契合她的迫切、欣喜、兴奋、激动的心境！

辽东湾，令人心如刀绞的辽东湾！

天空也感知地面的不幸，乌云从四面八方向这里际会，似乎在侧耳倾听大地的呻吟，拍岸的惊涛似乎也瞪起眼睛打量一个群体的痛苦。

一时间，消防车、120 救护车第一时间赶到现场，阵阵警笛发出撕裂人心的嘶鸣。

指挥塔台下一间办公室里，正在研究明天训练计划的部队长戴明盟和团长张叶听到震耳的飞机坠地声，立即冲向烈火浓烟人声喧闹的现场。

“张超！张超！”戴明盟见重伤在地的张超五内俱焚！这

个阳光上进的飞行天才是他亲自从南海舰队一线作战部队选来的，在他的心里，张超就是舰载机部队新一代飞行员的标杆！部队长此时此刻最大的愿望就是张超活着。他一面跑一面遥望，跑到距离二三十米时，戴明盟清楚地看见，躺在地上的张超的一只手动了一下。“活着！他还活着！”部队长快从口里蹦出来的一颗心又落了回去。

当戴明盟和张叶跑到张超身边，大声呼唤张超时，张超脸色发青，嘴唇发紫，牙关咬得铁紧，好像要把这个粉身碎骨的痛苦全部吞进肚里，默默承受。

据统计，张超完成的训练科目已达93%，再飞7个架次，他就可取得辽宁舰的上舰资格。他已经听见梦想开花的声音了，他已经看见辽宁舰上迎风招展的五星红旗和八一军旗了，他依稀听得见辽宁舰上“走起”的起飞号令了，他也许依稀看见欢迎他凯旋的首长、战友们了，欢迎队伍中，还有他朝思暮想的张亚和小含含……

救护人员立即摘掉他的飞行头盔和鲜血淋漓的氧气面罩。担架飞快地摆开，人们用一双双温暖的手去小心翼翼地抬起遍体鳞伤的张超，尽可能轻地放置在担架上。

张叶心如刀绞地抱着张超的头，只见张超面色发青，嘴唇发白，表情异常痛苦。

“张超！张超！”张叶呼唤着半昏半醒的英雄，两行热泪夺眶而出。

救护车风驰电掣奔向医院，战友们一起挥洒泪呼喊：“张超，挺住！兄弟，一定要挺住！”张超渐渐地睁开了眼睛，那双平日十分清澈、和善、睿智、快乐的大眼睛，当下因为失血过多而没有了往日的光泽，但是战友们依旧能从他的眼中读出坚毅、勇猛、忠诚和顽强。

“张超！”张叶亲切地呼唤着，用一如既往的表情掩盖万箭穿心的痛苦。

处于低昏迷状态的张超似乎在拼尽全力吐出心声：“我，我是不是，再，再，再也不能飞啦？……”

“你能飞！张超，你是最棒的！”战友们哭泣着安慰张超，其实也是在安慰为张超的生命万分担忧的自己。

张超被紧急送往医院，医院早已安排实力强大的抢救小组积极施救。戴明盟含泪守在手术室外焦急等待着张超生还的消息。

下午 3 点 06 分，医生沉痛地宣布，由于患者受到巨大撞击导致多处骨折，全身遭受多发性严重复合损伤，经抢救无效死亡。

一颗勇猛超强大的年仅 29 岁的心脏，永远停止了跳动。

苍天垂泪，大海呜咽。海天之间，回荡着张超的心声：“飞行不仅是勇敢者的事业，更是我的使命所系，价值所在！”

如今，躺在苍松翠柏中的张超，如一架失事的战斗机，停止了飞翔。

不，张超还在飞翔，他选择用青春拥抱永恒的方式，用不变的初心导航，用圣洁的灵魂掌控人生的操纵杆，在逐梦海天的强军之路上，永远地飞翔！

这是跨越生命、奔向崇高的另一种飞翔！

第七章　青春不朽

你不独独属于我

张亚所乘的列车终点是北京站，她要从这里转车去葫芦岛。车快到北京了，她找出小圆镜照照，看见自己特意做的发型依然那么柔顺雅致，那是他最喜欢的发型，身上这件连衣裙是张超亲自买的，3000 多元啦，想起来都心痛，可他说："3000 就 3000，只要老婆喜欢！自己的老婆自己不疼，谁疼？"

张亚知道，丈夫训练紧张，只能在葫芦岛接她，在出站口很容易找到他，因为他高大帅气，身上那股男子汉的味儿足足的，脸上的微笑甜甜的，还有她手里肯定会高高举起一束她最喜欢的百合花。他也容易发现她，他说过，梦里都看见她穿的这身连衣裙。"今天不是梦，不信你抱抱我……"张亚心里说。

列车到了北京站，张亚刚下车，就看见张超所在部队的首长在月台上等谁。真巧，在这里碰上首长！作为军人，在这里见到丈夫的首长，她倍感亲切。

这一边，首长也发现了张亚，随即朝她大步迎了上来，面色异样地对她说："张亚同志，你一路辛苦了，我们等你多时了！"

张亚懵了，一种不祥的预感涌上心头。

"首长，张超……他……"

"张超受了伤，还在医院抢救……"

张亚猛觉五雷轰顶！受伤？抢救？张亚急得快要疯了："张超到底怎么了？我要立刻见到他！我和张超血型相同，他需要任何器官我都可以割下来给他，我的血都输给他！即使瘫了残了，也不要紧，都是我的，我都要他！要他……"

军车风驰电掣，车轮沉重而飞快，卷起旋风直奔辽东半岛。

殡仪馆到了，张亚只觉天旋地转，地裂天崩！她泪眼婆娑地看见张超神色安详地躺着，只是那平时微微上翘的嘴角微微向下绷着，她读得懂丈夫的心，那绷着的嘴角是写在丈夫脸上的遗憾，再飞 7 个架次就该圆他的舰载梦了，梦的交响曲最后的一个小节，雄鹰的翅膀断了，出师未捷身先死，长使英雄泪满襟！心爱的丈夫倒在离梦想咫尺之遥的地方，他心有不甘呐！

挣脱了女战士的搀扶，张亚疯了似的扑向丈夫的遗体，声嘶力竭地呼喊："超，快睁眼看看我！我是你的亚，你的亚！"见丈夫没有回答，张亚忘情地端着丈夫的脸，吻着他苍白的嘴唇，久久地，久久地……

哀乐低回，气氛肃穆。灵堂里首长战友们泣不成声。他们将张亚拉起来，张亚从头上剪下一缕头发，小心翼翼地装进张超胸前的口袋：“这是我给你的信物，下辈子你不许娶别人，你还属于我！这辈子，这辈子我要为你把军装永远穿下去！”

对于张亚来说，张超的壮烈牺牲，给她带来的既有肉体对丈夫痛苦的感同身受，更有对她的灵魂的残酷折磨。丈夫是她生命的一部分乃至全部，她对丈夫的精神依恋就像鲜花依恋阳光雨露，就像江河依恋高山峻岭。是爱情的巨大吸引力，使她告别安逸投身军旅；是张超的言传身教，使她从一个白富美式的职业女性迅速成长为一名有理想有信仰有情怀有担当的潇洒女兵、优秀军官。正因为世界观、人生观、价值观的一致，她才深明大义地舍弃长相厮守的团聚，带着仅两岁的女儿，把孤独、寂寞和无休无止的家务全部留给自己，自己的本职岗位的工作也干得有声有色。张亚坚信，张超的苦练精飞，矢志强军是崇高的追求，值得我为他担当内勤和后勤，为天之骄子式的丈夫提供精神支撑。用两颗深爱着对方的心托起家庭的“长机”和“僚机”，在报国强军的航线上比翼双飞，她倍感精神的富有和爱情的甜蜜。

但是她每日每时每刻都在祈祷，希望她生命的另一半平安无虞。她曾经有过类似的预演。2012 年 4 月，还沉浸在新婚宴尔蜜月陶醉中的新娘张亚，听到丈夫兴冲冲地向她报告，“今天我获得了 1000 元奖金，一切缴获要交公嘛，全部上缴。嘿嘿！”

“什么奖金？”张亚分享着丈夫的快乐，“又不是年头岁尾，哪来的奖金哟？”

“哟，这可是军事秘密！哈哈！”张超调皮地回答。

“别给我卖关子，你可以不泄露你的核心机密，但是奖励理由你也该讲个大概吧？”冰雪聪明的张亚巧妙追问。

无奈之下，张超只好知道出原委，“前几天我驾机在海上执行战备巡逻任务时，战斗机突然如同打摆子一般打哆嗦，原来左发动机出现突发性停车。我就采取了一些必要的措施，还是把飞机开回来了，哈哈！”张超的口气轻飘飘的，好像不过是走路打了个趔趄，为的是免得妻子为自己担惊受怕。

“你忘了我是干什么的了？”张亚狠狠地瞪了丈夫一眼，“空中骤然停车，这是天大的险情！你跟我玩瞒天过海，瞒得了别人，瞒得了我这个科班出身的空乘人员吗？”

张超只是萌萌地憨笑：“嘿嘿！我这不是好好的吗？”

张亚飞快地拿起桌上的1000元奖金，拉着张超就要往外走：“快，跟我去上街把这笔钱花了，第一时间花个精光。记住，下次千万别再得这种令人提心吊胆的奖金！”

张亚是颇具诗人气质的淑女，面对这从天而降的大祸，她柔肠寸断，心如刀绞！

张亚在日记中向丈夫倾诉：

曾经你给我们画下美丽的蓝图，现在却丢下这张图纸弃我们而去！你是否明白，我们要的不是和你相守！你是否能够原谅我曾经的任性？昨晚终于能够梦见你，却为何只是看见一个冰冷的你，好想听你的说话，告诉我，你现在过得怎么样……

字字泣血，句句揪心！曾经燃烧的生命，如今成了梦中“冰冷的你”，但是张超依然是妻子心中永不落山的太阳，时时刻刻，分分秒秒，在她的心头依然那么炽热，那么温暖！

张亚在另一则日记中写道：

直到你离开，我才发现我俩的合照那样少，我总是强迫你替我拍照，要高要瘦要美，你就像个摄影师努力找角度，直到我满意为止。这些你为我拍的照片中，你还记得吗？每一张都有我们的记忆。

你独爱制服照，又不准我发微信。其实我也好想发出来跟大家炫耀，看我老公，比太阳的后裔还要酷。但是不可以，你不仅仅是你，不独独属于我！

只有我懂，你热爱你的选择，哪怕再给你一次机会，你仍会如此选择！

我崇拜你，不像别人，因为害怕而退缩。这些事总要有人去做，总要有人去开创。作为与你相爱的妻子，痛，无法言喻！

作为你给我的身份，你是我的骄傲，如果有一天我也像你一样被需要，我也愿意跟随你去走这样的路。

多希望灵魂真的存在，多想你能够听到我的心声！

这是一位柔肠寸断的妻子写给她任凭千呼万唤再也唤不醒来的丈夫的大爱宣言，这是一首感人肺腑催人泪下而更催人奋进撼人心魂的隽永情书！

“你不仅仅是你，你不独独属于我！”

一位芳华年月的女军官，向丈夫发出的肺腑深处的情话，竟然具有臧克家式的睿智深沉，艾青式的含蓄理性，它用返璞归真的语言，诠释了军人的神圣使命，表达了深明大义的军中巾帼与舍生取义的伟大丈夫同样坚定的信仰和崇高的理想！

诗花盛开，尽管带泪，依然是心花的绽放！

有道是愤怒出诗人，须不知诗是爱的沃土中长出的绚烂，诗发乎情，诗源于情。和张超在一起的日子，是诗意栖居的日子。

然而，张亚没有想到，张超竟然蘸着鲜血写下了一首挥洒在万里海天的抒情诗，她认识那支笔，就是那根被丈夫一推到底的操纵杆。这首诗激情澎湃，荡气回肠！

闺蜜们都羡慕张亚嫁给了一位会体贴人、呵护人、疼爱人的暖男，他虽是威武英俊的军官，但举止言谈文质彬彬谦和善良阳光帅气落落大方。作为妻子，张亚更欣赏张超对理想信念的笃定和执着，更欣赏阳光豪爽的男子汉性情。她见过丈夫勃然发怒，怒不可遏，她觉得丈夫发怒时呈现的，是一种类似壁立千仞的阳刚之美。

2011 年的夏天是难忘的，因为这个夏天为爱情而温暖。作为中国民航国际航班的乘务员，张亚飞遍五洲四海。一次和张超相聚于杭州，张亚将刚从日本带回的铁板牛肉拿出来请张超品尝，兴致勃勃地述说这道出自异国他乡的菜何等可口，何其美妙。

“别说了！”刚才还满面春风的张超突然无名火起，双眼圆睁，“中国的饮食烹饪文化博大精深，各大菜系多姿多彩，一个小小岛国有什么好吃的?”

张亚愣住了，拿着那块“铁板牛肉”不知该往哪里放。这暴风雨来的也太猛烈了吧？我可不是高尔基笔下像黑色的闪电一样高傲飞翔的海燕，这里也不是苍茫的大海，而是温馨的两人世界呀！

两人之间要耍性子也就罢了，没人和你计较，但是半年后带着你见家人时，你竟然也当众发怒，弄得一家人尴尬不已狼狈不堪，张亚更是觉得无地自容面子丢尽。

作为未婚女婿第一次见岳父岳母，张亚家里精心准备热情有加，两位姐夫在席间煞费苦心地找张超感兴趣的话题，酒过三巡自然就谈到了我国的军事实力和武器装备。一个说，“咱们的何种型号战斗机不如某超级大国的先进，人家的设计要领先若干年。”另一位说“咱们的某型巡洋舰不行，驱逐舰差劲，就连战列舰也是打酱油的，只能供吃瓜群众看看热闹。人家的那才是现代化”云云。看来这顿饭不是家庭宴会，而是一次军民联合举办的军事科技高峰论坛。

“军方”代表终于坐不住了，他筷子一拍站起身来，刚才的恭谦有礼荡然无存，脸色变得像航空母舰的甲板一样铁里泛青，“我们中国的军舰和战斗机，无论是设计还是制造，都是一流的，北洋水师挨打还赔款的悲剧，绝不会重演！我们虽然没有大动干戈，绝不是我们比别人弱小，是因为我们讲原则讲策略讲大国风范，但是如果硬是有人胆敢挑事讨打，只要党和人民一声令下，我和我的战友们就会义无反顾地冲向第一线，保家卫国，军人天职，赴汤蹈火，万死不辞！”

张亚一时茫然不知所措，这暖男怎么突然降温了，这顿饭还吃得下去吗？

这就是张超，一个有血有肉，敢爱敢恨的张超。当然此刻他恨的不是两位姐夫，而是那些对我国虎视眈眈图谋不轨的超级大国！

往事历历，情丝悠悠！张亚发现，丈夫发怒的模样也很美，那是欣赏岳飞《满江红》时所体验到的冲冠怒发和激烈壮怀的崇高美、豪放美。

向张超遗体告别的那天，本来晴空万里的辽东半岛，顷刻间苍天垂泪，大海呜咽。张超的女儿，不到两岁的含含眨巴着晶亮的小眼睛问："妈妈，这是哪里？"她突然发现张超的遗像顿时大哭起来："呜呜，爸爸，我要爸爸！"

张亚把含含抱到张超遗体旁，说："含含，不哭，爸爸开飞机累了，睡着了，不要把爸爸吵醒！"

两岁是人生的幼芽期，是最需要父母呵护的待哺期。小含含从出生到两岁，爸爸在身边的日子屈指可数。感谢现代科技给远隔千里的父女提供了视频通话的可能，使懵懂而天真的小含含能经常看到手机中的爸爸。

此刻，小含含啼哭着拽着妈妈往爸爸的照片方向走近，再走近。她弄不懂今天这个地方的音乐怎么那么的低沉缓慢，一点都不好玩！她弄不懂为什么那么多人望着爸爸的照片痛哭失声，她弄不懂爸爸的照片怎么装在一个大大的黑框里，那黑色她一点都不喜欢，但是黑框里的爸爸她喜欢！她弄不懂为什么爸爸老是躲着不见她，爸爸在视频中说过的，给小含含买花衣服、新鞋鞋的，怎么还没看到一件花衣服，一双新鞋鞋呢？爸爸说了话不算数，爸爸不乖！

"走，跟爸爸回家！"

张胜华的身板之硬朗，与年轻时没什么区别。人过花甲，没有丝毫衰老的感觉。老伴李四荣呢，也依然是那么健壮结实。如果说，前面三个儿子相继在幼年夭亡，三个稚嫩的“爸爸”“妈妈”的呼唤声，如三双小手撕扯着他俩的五脏六腑、三魂七魄，那么自从小超儿的呱呱坠地，这对患难夫妻顿时感觉天亮了，天晴了，天高了，张家的日子一直沐在阳光里，泡在蜜水里。儿子是马中之骏，人中之杰，儿媳又文雅贤淑，一如时下人们所赞的“高端大气上档次”。孙女含含乖巧伶俐，两岁不到随便抓到爷爷的手机三划两拨就无师自通地与千里之外的爸爸玩起了视频通话。孙女绕膝，甘之如饴。张胜华夫妇还巧妙地通过孙女的嘴，向儿子儿媳发出“为含含生个小弟弟”的指示，已经收到良好的传达效果。虽然经济上并不宽裕，但张家素有勤俭持家之家风，精神层面早已成富翁了！

天有不测风云，人有旦夕祸福！张胜华夫妇知道，他们的心里总是有一丝对儿子生命安全的隐忧，只是因为得知儿子一直勤学苦练、百炼成钢，多次空中遇险却次次凭借超人技艺和过人胆魄化险为夷，因此，希望自己的那丝挥之不去的隐忧是杞人忧天。没想到怕什么来什么，这天也有不睁眼的时候，老天爷呀老天爷！我们老张家的情况你又不是不晓得，张超这最后的一根独苗，你也下得了手！噩耗传来，张胜华夫妇如雷击顶，仿佛天也塌了，地也陷了，人呢，一下子被跌入十八层地狱。虽然鼻子还在呼吸，但似乎另外的生命体征全部消失，那是一种生不如死的绝望，那是一种痛不欲生的渴望！

但是，另一种巨大的能量在支撑他俩摇摇欲坠的躯体，另一股强大的暖流在抚慰他俩肝肠寸断的心灵。张家和李家两家合起来共产党员十几人，张超的小舅舅李节约，这个立过战功的转业军人、共产党员抹着总也抹不干的眼泪对姐夫姐姐说："超儿是为国尽忠，死得光彩，虽死犹生！姐姐、姐夫，张李原本就是一家，我李家的儿子，就是你张家的儿子！"

李四荣到底是身心俱损，尽管部队首长诚恳邀请她北上，去见长眠了的儿子最后一眼，她还是无法挪动沉重的双腿。"他爸爸去吧，我哪里走得动哟！"

对李四荣来说，超儿是她心中的小太阳。超儿走了，这小太阳依然在妈妈的心里挂着，亮着，温暖着她的身心！

慈母手中线，游子身上衣。超儿到长春上大学，做妈妈的心就好像被一下子掏空了，好久好久都不习惯，每天学校放学时都倚门望儿归。假期回家的第一夜，儿子总是和爸爸妈妈挤在一间床上睡。她记得有一次正在厨房做饭，突然有人从背后抱住了她的腰，回头一看，是帅帅的又有几分调皮的儿子回来了。超儿特别爱妈妈做的饭菜，每次假满归队时，李四荣总是将自己精心挑选和腌制的腊鱼腊肉，还有辣椒萝卜、泡菜等，将儿子的拉杆箱塞得鼓鼓囊囊。

"太多了，妈妈，这么多何是呷得完？"

"哈宝崽咃，给你的战友们呷吵，让他们尝尝岳阳的味道吵！"

张超深知父母亲一辈子含辛茹苦把他养大，一直想以寸草报春晖的情怀孝敬和回报双亲。当他在空军航空大学入学后，领到第一个月工资 120 元，就只留下 20 元买生活用品，将100元寄给父母。尽管当时100元对张家来说可购买近半个月的柴米油盐，细心的张胜华还是坚持把这张百元钞珍藏起来，父亲珍藏的谁说只是100元钱，那是儿子一颗滚烫的孝心，一腔灼热的爱呀！

李四荣的一颗心天天贴着远行的儿子在游走，“该下班了吧？吃饭了吗？”“有上天的任务记得谨慎点开，开飞机不比你老爸当年在箕口开拖拉机，拖拉机出点故障不碍，反正在地面上，儿子你可在天上哟，你不落地，老妈的心也悬在天上哟！”

张超一直想接妈妈到部队住上一段，再抽空陪陪深居简出勤劳一生的妈妈去看看三亚的亚龙湾，登一登天蓝地绿的蜈支洲岛，还可以去看一看100多公里外的红色娘子军纪念园，张超小时候听见妈妈哼唱过《娘子军连歌》，虽说吐字带有一些方言韵味，但在儿子听来那可是天籁之音。红色娘子军雕像巍峨挺拔，身背竹笠脚蹬草鞋风尘仆仆急行军的红军女战士英姿焕发，妈妈肯定喜欢，因为这是她们这一代的青春偶像呀！

“去吧，妈妈！张超念过好多次了，您放心，我一定陪好您，让您开心！”儿媳妇张亚也拉着婆婆的手说。

“开心！开心！有你们这份心，妈妈就有说不出的开心！”李四荣一只手和儿媳的手相握，另一只手慈爱地拍打着儿媳的手，说，“妈妈文化不高，普通话也说不好。你们都有自己的工作，我就不去拖你们的后腿了。”

张超25岁那年，终于说通了母亲来部队陪他过一次生日。儿子的生日是母亲的受难日，在湘北城乡，人们十分注重这个极富仪式感的日子。聪明绝顶的儿子借传统习俗的力量终于成功“忽悠”了母亲。

妈妈来了，张超的妈妈，也是战友们的妈妈！小小的斗室洋溢着母子团聚的喜气和欢乐。

“妈妈，我们经常吃到张超带来的您做的腊鱼腊肉，吃得我们都上瘾了。今天我们都来尝尝‘妈妈的味道’，您做什么好吃的给我们再过一把瘾呀?”张超的战友们又笑又闹，李四荣不禁心花怒放。

“好好好！妈妈做给你们吃！你们想吃什么呀?”

“蛋炒饭！张超经常馋我们说，‘妈妈做的蛋炒饭好香好香，吃一口香十天！’您今天就让我们香十天吧！”

“好好好，蛋炒饭！”李四荣麻利地挥舞锅铲，在儿子看来，那动作美得像舞蹈！他默默地盘算，等到积蓄再多点，就在驻地买套房子，最好是面朝大海的房，让妈妈心里春暖花开！把爸爸妈妈接到海南来。岳阳的四季分明，冬天奇冷且没有城市供暖，而海南的暖冬特别适宜老年人生活。

这边，李四荣也正在精心烹调，她要将对儿子的爱，对儿子们的爱都融汇在锅里碗里盆里勺里。为了这顿饭吃得儿子有面子，儿子们有“里子”，她花了整整一天的时间准备，烹制主题就是张超儿时最爱吃的味道。家庭主妇都是研究食材的专家，李四荣的蛋炒饭之所以可口，首先要把好食材关，必须要用上好的大米，米粒要尽可能蒸干，蛋汁必须充分搗匀，炒时必须用母爱一样温柔的文火，菜油的量要适宜，多则油腻，少则干涩。李四荣不懂复杂的化学元素，但她掌勺的手却能精准配方，着手成春！

这是一顿令母子们终生难忘的生日宴，这是一首刻骨铭心的当代版的《游子吟》!

“超儿，你招呼都不打一个就走了，临走时连妈妈炒的蛋炒饭也没吃上一口，崽吔，你给我回来!”

水晶棺前，是一名父亲无法承受的沉重，是一名年逾花甲的男人必须直面的惨烈。

张胜华的双腿如灌了铅，由此他想起了儿子上初中时往腿上绑沙袋的情景，儿子的坚韧给了父亲的坚强，他抬腿坚定地迈步走向那口如同阻隔了阴阳两重天的水晶棺，用低沉、沙哑但厚实、笃定的语音说：“崽，你前面的三个哥哥都走了，张家把你作了天大的指望，你还是走了，上天了！不过你跟你的三个哥哥不一样，你这一走哇，一个字——值!”

水晶棺内，英雄无语。但是，张胜华感觉儿子在和往常一样叫着“爸爸，您来了!”

是的，爸爸来了，儿子你却走了！爸爸不怨你，你走得光彩，走得体面，走得敞亮!

是的，63 岁的爸爸来了，来送 29 岁的儿子。白发人送黑发人，黄梅不落落青梅。孩子，这青梅呀，是为国家的航母事业而落的，落得响亮，落得爽利!

“超儿你就放心地走，我和你妈都是懂道理的人。前天一到部队，我就跟你的首长部队长戴明盟说‘超儿就爱飞，飞行，就是他的命。’首长说，‘我们对不起老人家!’我说，‘莫这样说，这不怪你们，你们为超儿操碎了心，你们辛苦了!’首长生怕我挺不住，但是又不知道怎么安慰我好。超儿，我知道你也懂得爸爸的心，爸爸怎么舍得你走？如果可以代替，就让我这颗黄梅来代替青梅，那该几好哟！看着首长眼神里的关切和担心，我说，‘没事，我是共产党员，我懂！’”

水晶棺内外的父子交流，没有回响的单边倾诉，惊天地，泣鬼神！

英雄父亲，也是没有授勋的英雄！

陈毅元帅说过一句堪称经典的话：“淮海战役的胜利，是人民群众用小车推出来的！”

沂蒙山区流传着这样一首民谣：“最后一碗米送去做军粮，最后一尺布送去做军装，最后老棉袄盖在担架上，最后亲骨肉送他上战场！”张超虽是张胜华夫妇的第四个儿子，但是他却是父母最后活着的儿子。

在实现中国梦强军梦的伟大征程中，祖国人民将永远铭记张超是第一个用生命为祖国的航母事业奠基的英雄，也永远忘不了，作为英雄的父母、妻子，也是用超越亲情的大情、大爱、大义，为祖国的航母事业，作出了无声的付出，金光闪闪的军功章折射着他们的道德之美、情怀之伟！

离开葫芦岛时，张胜华用颤巍巍的双手捧起张超的骨灰盒，心里翻江倒海，脸上波澜不惊。他将儿子的骨灰盒托起贴上脸颊，又紧紧贴在胸口，平静地说：“崽，你尽力了！走，跟爸爸回家！”

英雄的生命在延续

2016 年 6 月 29 日，中共中央总书记、国家主席、中央军委主席习近平作出重要批示，要求把张超烈士的先进事迹总结好，宣传好。

2016 年 8 月 3 日，中共中央宣传部在中央电视台向全社会公开发布“时代楷模”张超和张楠的先进事迹。张超矢志强军报国，慷慨捐躯的壮举，和张楠在驻索马里大使馆安全警卫岗位上壮烈牺牲，随着央视电波的广为传播，在国内外激起强烈反响。现场发布张超和张楠的英雄事迹后，宣读了《中共中央宣传部关于对“时代楷模”张超和张楠的表彰决定》，并颁发了“时代楷模”纪念章和荣誉证书。

“时代楷模”发布以“我们的价值观、我们的中国梦”为主题。演播厅内，庄严萧穆、浩气盈庭。当张超的妻子张亚、张超的战友徐英和张楠的父母亲张圣林、朱丽萍登上领奖台，全场掌声经久不息。

2016 年 8 月，海军党委作出决定，在海军部队广泛开展向张超同志学习活动。张超同志是在党的创新理论哺育下茁壮成长的优秀飞行员，是强军兴军历史征程中涌现的先进典型，是积极投身建设强大人民海军伟大实践的杰出代表，是新一代革命军人的楷模。他用生命托举使命、献身事业，书写忠诚，堪称强军英雄，时代先锋。

是的，一个时代有一个时代的历史使命。那么，总是有一些社会栋梁、民族精英，用青春和才智探索、冲锋在时代的最前列，用忠诚和坚韧担当起责任和使命。张超正是这样的具有先驱意义的先行者，富有开创性意义的探路者，富于自我牺牲精神的奋斗者。他的事迹和他所具有的思想信念，具有强烈的时代精神和丰富深刻的精神内涵！绝非普通的“好人好事”。海军的《通知》从时代、国家、民族和人民军队等宏观的高度，对张超及其精神做了科学的分析，对于激励更多的后来者前赴后继强军兴军，对于部队进一步提高精神文化软实力和敢打敢拼的战斗力，起到了巨大的作用。

《通知》对张超事迹和精神概括为“爱党报国、矢志强军的坚定信念；精武建功，献身使命的责任担当；英雄无畏、不怕牺牲的战斗作风；崇德向善、重情厚义的优秀品质。”

《通知》如强劲的春风吹遍海军军营、舰艇甲板和机舱。学习张超，传承红色基因，锻造海上劲旅，已成为广大海军官兵的共同心声和行动遵循。指战员们以各种形式宣传张超，缅怀张超。

中国海军网第一时间向军内外网友推出反映张超英雄壮举和平凡故事的专题，漫画，军网上刮起一股强劲的正能量旋风。

惊天一啸为逐梦，壮志未酬亦英雄！中国在海军网发起的面向全国网友征集“张超，我想对你说”感言，激起网上摇天撼地般的回响，成千上万的网友尤其是年轻战士纷纷情寄键盘泪洒稿纸将自己的心声公之于网，向张超烈士坦露心迹，向这个倡导真善美的社会献上一瓣心香。

海军某车队一名战士左手拿着自己亲笔书写的誓言，右手握拳举起庄严宣誓，誓言是：“张超，你让我知道了年轻人不应只有诗和远方，还应有使命和担当!”

陕西渭南一名应征大学生写道：“超哥，我已经报名参军了，我会像你一样担起强军报国的光荣使命!”

山东某公司的一名“白领丽人”用娟秀的字迹表明一名新时代追求上进的女青年的心声：“张超，我爱你！也爱那些跟你一样为我们抵抗黑暗的勇士们！谢谢你们！辛苦了！”

一声“我爱你！”万千正能量！

一句“辛苦了！”豪情溢海疆！

2016年9月，经中央军委批准，中央军委办公厅下发通知，要求全军和武警部队认真学习张超同志先进事迹，踊跃投身强军兴军伟大实践。《通知》要求全军和武警部队认真学习贯彻习主席和军委重要决策指示，踊跃投身实现强军目标，建设世界一流军队伟大实践，高标准做好部队建设、改革和军事斗争准备各项工作。

《通知》高屋建瓴，言简意赅：“张超同志是实现中国梦强军梦征程上涌现的先进典型，是忠诚践行强军目标时代楷模，是‘四有’新一代革命军人的杰出代表。他的先进事迹和崇高精神具有鲜明的时代特征，反映了当代青年官兵在习主席系列重要讲话精神哺育下茁壮成长的崭新风貌，体现了全军部队练兵备战、全面提升战斗力的昂扬斗志，展示了广大官兵凝心聚气、奋力前行的生动局面。学习宣传张超这个先进典型，对于激励全军官兵圆满完成党和人民赋予的使命任务具有重要意义。”

《通知》发出，全军响应。从白山黑水的边防哨所，到天涯海角的备战机场，从戈壁大漠的巡逻铁骑，到万里海疆的水上雄师，学习张超事迹，投身强军兴军伟大实践的活动蓬勃兴起，张超已经不再仅仅是一名海军少校、一级飞行员，而是一面迎着时代的春风高高飘扬的战旗，一座耸立在万里海天的航标，也是一名有血有肉、重情厚义的，有浓烈的人间烟火气息的凡人，更是一名永远活在部队的训练场上，祖国的海天之间和广大军民心中的强军先锋，时代楷模！

2016 年 11 月 5 日，习近平总书记签署通令追授张超“逐梦海天的强军先锋”荣誉称号。

10 天之后，中央军委隆重举行追授张超“逐梦海天的强军先锋”荣誉称号大会。大会在海军某舰载机航空部队举行。中央军委委员、中国人民解放军海军司令员吴胜利向张超同志妻子张亚颁发了属于张超同志的“一级英雄模范勋章”和证书。

这是一次传递时代强音的重要会议，这是一次坚定强军信念扛起时代使命推进航母事业的再次庄严誓师！会议特意安排了一个议程，12 名新选拔的舰载机飞行员正式入列。

张超，你应该目睹了这个令战友们振奋不已，令国人豪情迸发的现场。中国航母挺进深蓝，需要有更多的后来者前赴后继，浴血奋战。你听，12 颗年轻的心脏，和着祖国的脉搏一道嘭嘭跳动，他们的血管里奔涌着你的血液，他们的肌肉里储存着你这个“逐梦海天的强军先锋”经成千上万甚至数亿次强化训练所固化的记忆，他们怀揣着你的梦想，他们的风采就是你壮丽青春的精彩回放，他们的活力就是你不朽生命的永恒延续！

你是战友的航标

张超当之无愧地评为 2016 感动中国人物，第 6 届全国道德模范，在央视演播大厅举行的颁奖会上，主持人敬一丹清亮而深沉的声音通过电波，激起全国观众心里阵阵波澜：

那4.4秒，祖国失去了优秀的儿子，
你循着英雄的传奇而来，
向着大海的方向去降落。
你对准航母的跑道，再次起飞，
你是战友的航标！

张亚应中宣部之邀出席了这次盛会。在雄壮辉煌的乐曲声中，张亚一身戎装迈着矫健而优雅的步伐，代表丈夫张超登上领奖台。被授予荣誉称号，并不是这对军人夫妻的初衷，张亚深深懂得，丈夫的初衷就是报国强军，就是为中国的航母事业奉献青春热血！当接过那座用水晶制作的沉甸甸的奖杯，年轻的女军官眼里噙着泪花，心中卷起巨澜。她将奖杯高举过头顶，像是举着丈夫那颗水晶一般晶莹剔透的心，像是举着张超扛在宽厚肩膀上的沉甸甸的使命。

张亚谦逊地向全体观众敬礼致意，这是张超委托妻子向祖国致敬，向渤海南海致敬，向高山大河致敬，向英雄的海军航空兵和“飞鲨”战队的战友致敬，向全国父老乡亲致敬！

颁奖大会上，主持人白岩松与张亚有一段精彩无比而又感人肺腑的对话。

白岩松：“看得出，你一直在克制。是因为自己也是军人还是别的原因？”

张亚：“其实我并没有刻意这样。因为穿上这身军装，内心有一种力量，告诉我要坚强！我相信，他也希望看到我这样子。”

白岩松：“但是还得往前走哇！支撑自己的除了责任，

还有什么?”

张亚:“其实在生活中,他给我的感觉一直就是一个大男孩儿,但这最后的4.4秒,他从一个生活中的大男孩儿蜕变为一个特别伟大的男人。这是他的选择,虽然他有深深的遗憾,他还没有完成他的梦想。出事的前几天,他给我发来一首歌《我从甲板起飞》,他跟我说,他特别想体验歌里的那种感觉,那种驾起战机从航母甲板一飞冲天飞向更高更远的深蓝,飞向伟大祖国的万里海天的感觉。他说这种感觉特别棒!”

白岩松:“如果张超没有遭遇电传故障,而且完美地在航母上着舰的时候,当他看到你,他会怎么样?”

央视名嘴的想象力是丰富的,问这句的时候,依然保持他那冷静睿智的白氏风格。

然而张亚也是不乏想象力的知识女性,更是血管里流淌着忠诚和大爱的军中巾帼。她坚守着理性的现实,但不失新时代青年军人的豪迈与浪漫!她仿佛看见圆了着舰梦的丈夫正满怀胜利喜悦,迈着他所熟悉的矫健阔步,朝她奔来。

“他一定会很开心地抱着我,把他手里的鲜花送给我,用带有炫耀的口气说:‘我着舰了!我着舰了!’”演播大厅再次滚过春雷般的掌声。

挂像英模的感召

2018年9月20日,中央军委批准增加林俊德、张超为全军挂像英模。

1996年以来，中央军委批准，在全军连以上单位先后悬挂了由原总政治部统一制作的中国人民解放军各时期共八位英模画像，他们是张思德、董存瑞、黄继光、邱少云、雷锋、苏宁、李向群、杨业功。增加林俊德、张超后，全军挂像英模已达十位。

十位全军挂像英模，一样的初心和使命，那就是为中国人民谋幸福，为中华民族谋复兴。

不同的时代，不同的事迹，但他们身上传承着一样的红色基因，而且这种红色基因的传承将彰显其强大的活力和巨大的威力。

中央军委政治工作部下发通知，要求旅团级单位统一组织画像悬挂工作，对连级单位俱乐部、军史场馆、文化活动中心等场所悬挂作出了规范明确，强调悬挂画像时要进行集中教育，要组织官兵重温英模事迹，学习英模精神，走英模成长道路，自觉担当起新时代军队使命任务。

抬头看见自己曾经朝夕相处并肩战斗的战友，“飞鲨”队的勇士们倍受鼓舞。那段时间，“飞鲨”队正在进行夜间着舰技术基础上，持续组织在复杂而恶劣的气象条件下，多批次、多架次、全要素夜间编队飞行训练，以提升航母舰载机全天候作战能力。

“如果张超面临今天的训练任务，他会怎么办?”“飞鲨”队员们不止一次地问，不止一次地以张超具有的坚韧不拔、百折不挠的精神来激励自己，潜心苦研、埋头苦学、疯狂苦练。

宝剑锋从磨砺出，梅花香自苦寒来。张超把自己绑上训练器材近乎自虐的情景，其走火入魔钻研理论强化实操的痴迷状态，战友们历历在目。张超没有走，他还在图书室里查资料，还在电脑前敲键盘，还在训练房里流大汗，还在驾驶舱里看仪表，还在千米高空搏斗浓积云，还在着舰训练中练绝技……

实战演习时，验收的专家和观战的首长，给这个以张超为标杆的英雄团队予以热情赞许和充分肯定。飞行员们说："比起张超，我们还要加油！张超，你是你的战友们心中的男神、战神、美神！同时，你又是战友们看得见摸得着的有血有肉的凡人、好人、亲人！"

"飞鲨" 掠过天安门

2019 年 10 月 1 日上午，北京天安门广场。庆祝中华人民共和国成立 70 周年阅兵式在这里隆重举行。

天安门前，长安街上，铁流滚滚，军威浩荡！由中国人民解放军、武警部队和民兵预备役部队的 15000 名官兵、580 台（套）装备组成的 15 个徒步方队、32 个装备方队，陆、海、空航空兵 160 余架战机，组成 12 个空中梯队，以雷霆万钧之气势、排山倒海之阵容，气吞万里之雄姿，接受习近平总书记的检阅，接受全国和全世界人民的检阅。

张超战斗过的海军某舰载机部队 5 架歼－15 战斗机，组成寓意深长、锐不可当的楔形梯队，载着人民英雄张超战斗过的英雄部队的无比自豪，载着强力推进中国航母走向深蓝的万丈雄心，载着战友张超逐梦海天矢志强军的凌云壮志，

“米秒不差”地从天安门广场呼啸而过，把中国海军航母编队作战体系中的锋利尖刀，潇洒地亮相于全国人民的面前，骄傲地展示于全世界观众视野。

5 位飞行员驾机飞过天安门广场，在接受祖国检阅的神圣时刻，不约而同地想起了战友张超，他们一致感觉到，是张超在领着他们飞翔，飞翔！

军魂浩气撼京华

2016 年 8 月 24 日上午 10 时，北京人民大会堂里国歌高奏，气氛庄严。张超同志先进事迹报告会在这里隆重举行。宽阔的大厅和二楼座无虚席。海军某舰载机航空兵部队部队长戴明盟，张超烈士的妻子、海军上尉张亚等 5 人为在座的部队官兵和社会各界代表，用翔实的内容、精彩的细节、滚烫的激情、理性的归纳，讲述了张超对祖国的航母事业的忠诚与热爱，展示了一位新时代的青春偶像坚定的信仰、刚毅的意志和伟大的人格。

戴明盟的演讲高屋建瓴，慷慨激昂。他说：“航母是大国重器，承载着中华民族的百年梦想……张超是我亲手挑选的飞行员，他阳光自信、热爱飞行、血气方刚、勇于担当，是个难得的好苗子，是这批飞行员中最年轻最优秀的一个……他是当之无愧的血性战士、甘洒热血的海空雄鹰、彪炳史册的飞鲨勇士！”

海军某舰载航空兵部队参谋长助理、着舰指挥官 LSO 王亮，作为距着舰点 20 多米的指挥岗位上的亲历和见证者，他饱含深情地回顾了那令人撕心裂肺铭心刻骨的一幕，讲述了张超生死抉择铸忠诚的杰出表现和生死关头的惊天壮举。

“他舍命一搏救战机，既是飞鲨勇士的本能选择，更是军人使命的执着坚守！这一搏，搏出了张超舍生忘死的血性胆气！这一搏，搏出了张超恪尽职守的英雄本色！这一搏，搏出了张超精忠报国的崇高品质！英雄化虹海天间，泪罢飞鲨复冲天……”

海军南海舰队航空兵某团飞行中队长聂元闯，从空军航空大学起就与张超同班同寝室，2008 年与张超一起分配到海军航空兵某训练基地，又同时选择到海空卫士王伟生前战斗过的海军南海舰队航空兵某团战斗。是张超平凡而伟大、短暂而恒久的一生的重要见证人。他在演讲结束前哽咽着说：“鹰击长空啸海天，血性激扬铸忠魂！兄弟，总希望你能飞得更高更远，没想到你用年轻的生命写下了血染的风采。请放心，你未来的事业由我们来继承，我们将沿着你英雄的航迹，挺钢铁脊梁，铸海空利剑，在建设世界一流海军的壮丽征程中，书写共和国崛起的伟大辉煌!”

张超的妻子张亚的演讲即充满军人的浩然正气，又让听众感受到英雄夫妻的情操高尚、格调高端、事业高光，气质高雅。张亚用真实感人的情节，讲述一个以身相许报国强军的英雄的血性胆气、冲天豪气、凛然正气，也甜蜜地介绍了张超深爱妻子女儿，孝敬父母的暖男、萌爸和孝子的可爱可亲可敬的形象。

张亚说：“张超走了，他的爱永远伴随着我和女儿。我也是一名军人，如果有一天，祖国需要我上战场，我也会像他一样勇敢地冲锋陷阵!”

铿锵玫瑰，美丽绽放!

豪情大爱，侠骨柔肠!

张亚的娓娓道来，是代表张超对祖国、对军队、对至亲骨肉，对父老乡亲无比热爱的激情倾诉，是一堂新时代的有志青年如何对待爱情婚姻家庭的精品课，是一首书写在北国江南和万里海天的悲壮崇高瑰丽凄婉的爱情诗!

中央人民广播电台军事记者陈欣，以《强军路上追梦人》为题，畅谈了其采访心得和学习英烈的感悟，也报告了张超战斗过的这支英雄的舰载部队由部队长戴明盟亲自率队，参谋长张叶紧随其后，带领飞鲨队员在碧海蓝天继续翱翔，张超同批的飞行员圆满完成在辽宁舰上的阻拦着舰和滑跃起飞，高标准通过上舰资格认证的喜讯。

陈欣借用舰载机飞行团的团歌，结束了演讲：“披着清晨第一缕曙光，年轻的‘飞鲨’滑跃启航。穿梭在茫茫的海天上，诠释着经略海洋。谁的希望，谁的梦想，谁在用忠诚书写信仰……”

沿着张超飞过的航线

作为军旅诗人，团参谋长徐英心中的悲痛点燃了澎湃的诗情：

相守变永诀，只是一瞬间，

鲜活的面孔，变成了怀念。

我哭泣着呼唤你的名字，

期盼你能给我只语片言。

带着我的祝福我牵挂，

愿你在天空里飞得更远……

徐英忘不了那句没有兑现的承诺。那次张超向他请教一个关于飞行技术问题，面对勤学好问的张超，徐英说："你让我思考思考，想出答案来再告诉你。"可是答案已经有了，你却匆匆走了！为什么走得这么匆忙？

这是战友们最后的送别。张超，你将在烈火中得到永生！朝夕相处的战友们发现了你胸前别着还是二级飞行等级标志，你不是在 3 月份评上国家一级飞行员了吗？训练紧张、时间紧迫你连这个标志都顾不上换，一名战友毫不犹豫地取下胸前的一级飞行员标志为你换上。战友们说，他们将你的这枚标志别在自己胸前飞上航母，为你圆舰载梦强军梦。

团政委刘磊被这个突如其来的噩耗震惊了！尽管他比常人更懂得军人随时有可能为国捐躯，但张超的壮烈牺牲还是令他一时无法接受。由于部队训练繁忙，他已一年多没休假了。这次刚回家休假，才下楼几分钟返回，丢在沙发上的手机竟然显示 7 个未接电话。他心头掠过一阵阴云，思忖"不会是有谁出事了吧？"电话通了，他万万没想到是他最欣赏的飞行尖子张超遭遇了不测！

刘磊懵了！他再次追问是不是张超。他懂得自己心灵深处有个声音在呼唤："不，张超还活着！张超还在飞，张超还在对着战友们快乐地打着哈哈！"

刘磊想，就是这个第一次见面就嘻嘻哈哈直乐的张超，一年多时间用扎扎实实的行动兑现了对自己的承诺，"刘政委，请放心，我不会掉队的，嘿嘿！”

“是的，我放心！你付出那么多，飞得那么好！放一百二十个心！但是你怎么就这么一声不吭地走了呢？临走我也没听到你打个哈哈，不，哪怕是看见你一个微笑！你呀你！你为什么不跳伞？你太不让我放心了！”

向张超遗体告别时，刘磊泣不成声：“张超，我的好兄弟，你先后三次对我说过的，要我别担心你。其实，我很快就不担心你了，你那么刻苦，那么聪慧，那么勇猛坚毅，我怎么会担心你呢？不，最让人担心的是你，你心里只有国家利益、军人使命，你心里只有战友亲人、天下苍生，唯独没有自己！这不，让我最担心的事还是发生了，兄弟，你说话怎么就那么不算数呢……”

湖湘男儿提笔跨马万丈雄心映日月，“飞鲨”勇士报国强军一腔热血洒海天。张超的牺牲令戴明盟痛彻肺腑，然而他又为张超而无比自豪，他说：“张超作为舰载航空兵部队牺牲的第一位烈士，他既是一座精神丰碑，更是一座前进路标。它在时刻提醒我们航母事业是一项全新的事业，未来考验还有很多，要走的路还很长，我们一定会着朝着尽快形成航母战斗力既定目标，毫不动摇，毫不畏惧，勇于探索，勇于前行！”

2016 年 12 月，还是在雄浑壮阔，弥漫着英雄浩气的渤海湾，中国海军某舰载机部队在这里进行歼 –15 舰载战斗机首次实弹射击训练。精准、果断，攻势凌厉如猛虎下山，军威浩荡如蛟龙闹海！渤海上空硝烟弥漫，指挥塔台捷报频传。

参战的“飞鲨”队员们唱着“日落西山红霞飞，战士打靶把营归”的歌凯旋时，一齐怀念他们的“航标”张超。战友们不会忘记歼－15飞机实际使用的武器教学，原本是没有教材的，是张超毛遂自荐，刻苦钻研，挑灯看剑，拂晓攻关，终于编写出理论依据扎实、实际操作方便的教材，并将教材中的精髓改写成论文，发表在部队技术刊物《尾钩》上。这期《尾钩》因载有张超这篇填补教材空白的论文而洛阳纸贵，争相传阅，而且作为部队进行飞行理论研究和指导实践，提升部队战斗力的宝贵资料。

战友们打出了好纪录，饮水思源谢张超。张超在军事理论研究方面所做的努力，已在战友们的实弹训练中开花结果。更值得重视的是，张超对科技强军、智慧强军的深刻认知和身体力行的姿态，将永远定格在当代军人的记忆里。

壮志未酬身先去，捷报飞来当纸钱。张超就这样从容而匆忙地走了，但他披肝沥胆，矢志强军的精神，激励着无数热血青年前赴后继，报国建功。

2016年8月20日，又是一个天高云淡的晴天，渤海中西部海域上，今天将上演一场具有里程碑意义的重大活动。张超生前所在的海军某舰载机部队，将正式进行舰载战斗机着舰，我国第一艘航空母舰辽宁号。

“张超，我们的好战友，我们沿着你飞过的航向，为你完成逐梦夙愿来了！”雄姿英发的“飞鲨”队员，驾着我国自行研制的首型舰载多用型歼－15战斗机，如苍鹰展翅，如蛟龙出海，矫健地飞往渤海上空。

从空中鸟瞰渤海，只见白色的是一片片云彩，蓝色的是连接蓝天的海水。“飞鲨”穿过朵朵白云的空隙，渐渐贴近湛蓝的海面，“飞鲨”队员们的眼睛如一台台精良的雷达，小心翼翼地搜索那滔天白浪之上如蛋壳般飘摇闪烁的辽宁号。的确，空中俯瞰，体型宏大的辽宁号是那么微小，小得像湖水荡漾中的一片莲叶，一张随波逐流的报纸。

锁定目标，观察环境，飞行员们必须对距离、方位、风力和风向等进行精准地观察测评，然后在航母上方短暂地盘旋后，选择最佳角度俯冲下来，从舰艉果断进入，对准随着舰身颠簸而闪动的甲板上短短的跑道，干净利索地放下尾钩，分毫不差地钩住第二根阻拦索。

这一系列动作就在分秒之中完成。阻拦索忠实地拉扯住从天而降的国之利器，巨大的阻力抵消着战斗机飞行中产生的巨大惯性，像是展开一场蓝天碧海间超大型拔河比赛，不，这不是拔河，这是拔海，在海拔最低的浮动着的领土上，用钢索作为器材的技术含量超高的大“拔海”。

钢索刚柔相济地完成阻拦使命，战斗机轻盈地滑行几十米后稳稳停住，像一名冰上芭蕾舞者般舞步娴熟，舞姿婀娜！一艘接一艘衔尾相随，有条不紊。

“我们是朝着张超飞过的航向，成功着舰辽宁号的。”“飞鲨”队员们的自豪溢于言表：“张超，好哥们，你的着舰梦，我们代表你圆了。”

随即，战鹰又丝丝入扣地完成多项程序。“飞鲨”队员们每完成一个动作，眼前都总是浮现张超和他们一起苦练精飞一丝不苟的情景。像张超一样千锤百炼“一手准”，像张超那样不放过 1 毫米的误差！像张超那样头脑测算电脑计算纸上演算实地心算，算他个毫厘不差，分秒不差！几个月来，他们以张超为标杆，以圆张超着舰梦告慰英灵为动力，用心血、汗水和脑汁换来了一身空中绝技。养兵千日，用兵一时！百日苦练终于换来海天之间斩关夺隘的辉煌战绩。

甲板上两名身着橘黄色服装的起飞助理摆好了刚健有力的弓箭步，然后迅疾地同时挥臂指向前方，发出放飞的信号。如听到冲锋号的战士勇猛地跃出战壕，停泊在甲板上的战鹰挺身而出，在短短的甲板跑道上呼啸而起，沿着舰艏14度上翘角跑道优雅而坚定地滑跃升空，像一支带响的弓箭嗖地扑向浩瀚蓝天。

沧海碧空之间，一朵朵、一团团乳白或淡红色的云彩，在战鹰跃空的一瞬似乎都绽开了笑容，停住了脚步，连长歌不息的海风也屏住了呼吸。也许它们知道，这里发生的一切，绝非寻常小事！

是的，这可是天大的事！渤海湾上一小步，中国海军一大步！辽宁号甲板上跑道不过区区百米，但张超的战友们驾机滑跃潇洒跨越的，是一个民族富国强军的百年长梦！

航母甲板承载的是民族的尊严，舰载机托起的是国家的使命！

张超，亲爱的战友！，你的血没有白流，你看渤海湾上象征我们着舰成功而猎猎飘扬的红旗，不就是你29岁青春风采完美绽放吗？

张超，你走得太匆忙，像一颗划破夜空的流星，你用全身心的热情，释放出巨大的能量，让夜空有了恒久的亮色。你虽然如璀璨流星般陨落，但没有黯淡了星空，你的能量依然辉煌、灿烂了银河系，点亮了无数铁血男儿的蔚蓝之梦。

你爽朗的笑声依然在南海、渤海的涛声中回响，你的报国强军的凌云壮志，正被你的战友们以战鹰为笔，蘸着心血汗水和青春芳华，大写在祖国碧海蓝天！

人民英雄人民爱

2019年9月29日上午，人民大会堂金色大厅庄严肃穆，喜气盈庭。再过两天就是国庆节了，在这全国人民满怀豪情迎接共和国70华诞的日子里，这里将有一场令14亿中国人瞩目，世界目光关注的具有里程碑意义的颁授仪式。

上午10时正，司仪的声音准时响起："请全体起立，让我们用热烈的掌声，欢迎中共中央总书记、中华人民共和国主席、中央军委主席习近平同志和国家勋章、国家荣誉称号获得者入场。"

接着，由中共中央政治局常委、中央书记处书记、党和国家功勋荣誉表彰工作委员会主任王沪宁同志主持仪式，中央政治局常委李克强、栗战书、汪洋、赵乐际、韩正同志和中华人民共和国副主席王岐山同志出席仪式，出席仪式的还有党和国家其他有关领导同志，中央军委委员，中央党政军群有关部门和北京市负责同志，国家勋章和国家荣誉称号获得者及其亲属代表、工作单位代表，有关国家驻华使节等。

仪式在庄严的国歌声中开始，首先由王沪宁同志宣读关于授予国家勋章和国家荣誉称号的主席令："为了庆祝中华人民共和国成立70周年，隆重表彰为新中国建设和发展作出杰出贡献的功勋模范人物，弘扬民族精神和时代精神，根据第十三届全国人民代表大会常务委员会第十三次会议的决定，授予下列人士国家勋章、国家荣誉称号……”

这是新中国成立 70 年以来最高荣誉的颁授会，获得“共和国勋章”的是于敏、申纪兰、孙家栋、李延军、张富清、袁隆平、黄旭华、屠呦呦。同时冠之以“人民”二字的荣誉称号是“人民科学家”“人民教育家”“人民艺术家”“人民英雄”“人民楷模”等五种类型，获得“人民英雄”国家荣誉称号的是艾热提·马木提、申亮亮、麦贤得、张超。这四位英模全是人民军队的杰出代表。四位“人民英雄”，唯有麦贤得还健在，他的英名勾起了一个时代的记忆。1965 年 8 月 6 日，中国海军 611 号护卫艇轮机兵麦贤得头部中弹双目失明血流如注，他仍坚守战位直至胜利。他的事迹鼓舞了一代又一代的铁血军人和各界人士为祖国抛洒热血贡献青春。

对于“人民英雄”国家荣誉称号，张超当之无愧！

习近平总书记在讲话中说，“今天受表彰的国家勋章和国家荣誉称号获得者，是千千万万为党和人民事业作出贡献的杰出人士的代表。他们身上生动体现了中华民族精神和社会主义核心价值观，他们的事迹和贡献将永远写在共和国史册上！”

国家主席洪亮而浑厚的声音，在人民大会堂金色大厅回荡，并通过现场直播，在中国山川大地回荡。学习英雄，崇尚英雄，用平凡铸造伟大，为中华人民族伟大复兴而英勇奋斗、甘于奉献，奋力奔跑，建功立业，成为新时代的主旋律和价值导向。

抚摸着金色的奖章

作为人民英雄张超的妻子，海军少校张亚光荣出席了这次隆重的颁授仪式。当她代表张超接过金光闪闪的“人民英雄”奖章，双手感觉到了山一样的崇高和海一样的深沉。张超，我相信你也感受到了这份至高无上的荣誉，也体验到了党和国家对你的亲切关怀和巨大的奖赏。张超，你的鲜血没有白流，你仗剑报国，矢志强军的追求，正在激励我们这些头顶八一军徽，肩扛时代使命，胸怀祖国重托的人民战士冲锋不止，奋斗不息！

抚摸着这以红色、金色为主调，章体采用五星、天安门、牡丹、旗帜、光芒等元素构图的奖章，张亚心潮澎湃，浮想联翩。张超，这奖章不正是为你量身定做的吗？你魁梧挺拔的身躯，英俊端正的面容，潇洒大方的风度，如果佩戴这流光溢彩的奖章，那才是集精气神于一体，汇真善美于一身，融高大上于一人啊！

是的，奖章上的红色，象征着人民英雄甘洒热血写春秋的奉献精神，象征着历代共产党人从南湖红船出发高举红旗为民族求解放为人民谋幸福的红色基因。金色则象征着中华民族伟大复兴的金色憧憬，也象征张超这样无数为国家为人民慷慨捐躯的人民英雄，将他们的金色年华永远定格在共和国的史册上。

抚摸着奖章上的红色部分，张亚感觉到了丈夫的血脉仍在奔涌；指尖在奖章上的金色部分触动，张亚感觉到了丈夫那蓬勃向上的青春气息！

“超儿，我为你骄傲！”

就在同一时刻，岳阳市岳阳楼区桃花山社区一处简朴的民房里，张超的父母张胜华、李四荣，还有聪明伶俐、人见人爱的小含含收看央视的现场直播。当听到王沪宁宣布的获得人民英雄国家荣誉称号名单中出现“张超”时，全场激动得长时间地鼓掌。张胜华眼噙泪花，站起身来向着电视机，也正是向着北方，向着人民大会堂方向深深鞠躬行礼。李四荣百感交集，喜极而悲地哭出声来，“党和国家如此看得起你，人民永远都记得你，超儿！我为你骄傲！”这时候，张胜华的手机铃声响个不停，张超的战友朱俊梯发来短信：“张超获得至高无上的荣誉，我们也倍感荣耀。张爸爸，祝贺您！张超甘洒热血的军人胆气，永远引领我们前进！”

张胜华，他这大半辈子对物质财富没有过大的欲念和追求，农村的贫困、企业的艰难，造就了他的吃苦耐劳的品质和勤俭持家的美德。当车间主任，他任劳任怨，吃苦在前，几乎天天是最后一个下班，最早一个上班。车间里哪位工友有困难，他都尽力解囊相助。这位事事打头阵的车间主任、共产党员，每次评奖金发补助，他却缩在后头。是他的吃苦在前享受在后的精神，造就了张超对己苛刻，待人宽厚的高贵品质。

然而，张胜华对家族的荣誉却看得比天还大，比山还重。他一生向善，性情秉真，崇尚精忠报国、舍生取义的美德，真善美是他和儿子张超终生不渝的追求。张胜华见荣誉不争，不抢，评先进工作者时，他总是“利用职权”把机会让给别人，但是不争不抢并不等于他不重视荣誉。他常说，雁过留声，人过留名。离开南沅村30多年了，说起他张胜华，乡亲们仍然竖大拇指。

张超牺牲后，部队首长问他有什么要求。就世俗的眼光来看，自己仅存的一个优秀儿子为国尽忠了，部队首长又这么关怀照顾，此时如果提出一些解决生活实际困难等方面的合理要求，也是顺理成章的人之常情，但是他坚定地摇摇头，心里却在想，我连儿子都牺牲了，还有什么必要向组织伸手呢？但是，这一次颁授给儿子的国家荣誉称号“人民英雄”，对于他这个父亲来说，可是天大的褒奖，无上的光荣！他将目光暂时离开电视机，朝墙壁上悬挂着的儿子照片望去，照片上的超儿青春帅气，笑容如花在绽放，眼神如电在闪烁，向前伸出的右手将大拇指高高竖起，这是儿子的招牌动作，常常是用来赞美他的战友。超儿，这一次，国家给你这么高的荣誉，新中国成立70年来，多少英雄豪杰为国家建设和国防抛头颅洒热血，人民子弟兵无数好男儿，这次颁奖就选了你们四个作代表，光荣啊！超儿，爸爸也给你竖一个大拇指，你看见了吗？超儿，你爸爸我虽然没有一套好房子，也没有像样的家具，但是我有你这个好儿子，有孝顺的儿媳和乖乖的孙女，我和你妈是最富有的人啦！

第八章　魂归故乡

魂归故乡

张超总是以故乡为荣，他的故乡是中国历史文化名城岳阳。岳阳地处湘鄂赣三省交汇处，万里长江与八百里洞庭在这里激情拥抱。岳阳自古是兵家必争之地，商贾云集之埠，迁客骚人多会之邦。一万五千平方公里灵山秀水之间，书写着瑰丽浪漫、沉郁悲壮、潇洒飘逸、威武豪强。屈原在岳阳的汨罗江上悲壮一跃，激起历史回音壁上两千多年不绝的回响。范仲淹凭岳阳楼仰天一啸，点燃历代无数仁人志士以天下为己任的家国情怀。倾听历史，满耳鼓角争鸣；遥望水天，一湖唐风宋韵。

岳阳人自古崇尚英雄，向往军旅，无湘不成军的美誉并非浪得。岳阳的平江县拥有开国将军 52 人，是全国著名将军县之一。辛亥伊始，军阀混战，哀鸿遍野，生灵涂炭。在中国共产党领导下，岳阳以任弼时、何长工、苏振华、张震等为代表的革命志士挺身而起，为民族独立，人民解放而赴汤蹈火，浴血奋战。1927 年 9 月 11 日，毛泽东领导的秋收起义的部队在岳阳平江金坪打响第一枪。1928 年 7 月 22 日，彭德怀、滕代远领导平江起义震惊中外，义师主力红五军与毛泽东、朱德领导的红四军会师井冈，湘鄂赣边区星火燎原。

在撕破漫漫长夜的日子，是岳阳人何长工设计了中国共产党领导下的人民军队——中国工农革命军第一面军旗；在井冈山黄洋界保卫战中，是岳阳人陈毅安在千钧一发之际发射了仅存的一发迫击炮弹，促成黄洋界保卫战的成功逆袭，毛泽东在湘南回师井冈途中收到捷报诗兴大发，马背上吟成脍炙人口的《西江月·井冈山》，“黄洋界上炮声隆，报道敌军宵遁”的诗句，震撼了历史的天空！巍巍井冈山遍布洞庭忠魂，漫漫长征路尽卷幕阜雄风。挥师辽沈喋血淮海，阵阵不缺岳阳虎将；挺进中原饮马长江，仗仗有我巴陵英雄。

张超就出生在这片红色的土地上，血管里流淌着红色的基因。在长春求学期间，翻开我国的海军史，张超无法不为自己是岳阳人而自豪！是时任闽浙总督的岳阳湘阴人左宗棠上书朝廷，指出外国人之所以跋扈横行，“不过擅轮船之利耳”，于是在洋务运动的支持下，1866 年以破天荒的气魄，创立福州船政局，开创了中国海军最早的人才培训和军工制造事业，打造出拥有蒸汽动力的近代化军舰 16 艘，培养了严复、邓世昌、萨镇冰、魏瀚等一批威名赫赫的栋梁之材海军名将。新中国成立后，岳阳平江籍开国上将苏振华先后任中国人民解放军海军副政委兼政治部主任、海军政委等，为人民海军的创建和发展立下了汗马功劳。

岳阳人和中国海军有缘，湖湘文化陶冶了张超的性格与精神。湘军扎硬寨，打硬仗，湖南人吃得苦、霸得蛮、耐得烦的精神，春风化雨、润物无声地塑造了张超的坚韧、执着和顽强。

张超把青春和热血献给祖国的航母和舰载机事业，英雄的壮举和伟大的爱国精神，在故乡岳阳激起了强烈的反响。

“张超——”“到！”

2016 年 5 月 5 日上午 10 时，位于岳阳城南的烈士陵园里，哀乐低回，气氛悲壮。张超烈士的安葬仪式在这里隆重举行。上千名市民自发地从四面八方涌来，胸佩洁白的纸花，有的还采来滴着露水的映山红，含着热泪为烈士默哀，为英雄壮行。

准确地说，这次的安葬仪式属于并未完全向社会公开的活动，因为当时离张超牺牲仅 8 天，新闻媒体还没作高强度报道。但是英雄的故事，故乡人早已奔走相告，英雄的美名早已不胫而走，广为人知了。人们在为痛失英才而扼腕长叹的同时，更为家乡出了这位新时代的铁血军人而无比自豪！

刘娅和陈姣是到得最早的之一，她俩和张超是从初中一年级到高中毕业都在一个班的同学。六年同窗，朝夕相处，往事历历，思绪绵绵！

“张超是最讲感情的一个人！”刘娅说，“他从小就懂得扶持弱者，帮助女生。”

说到这里，刘娅的思绪飞回了十几年前母校七中的篮球场。

这是一次全校运动会，各班精心备战，力争一战成名。

张超和刘娅、陈姣这个班组建了精锐的田径赛手团队，尤其是接力长跑，由于张超等骨干的倾力组织和倾心服务，全体参赛同学士气高涨，张超卡着秒表计算着每位同学将爆发力发挥到极致的精确时间，然后辅导同学们利用接力棒的瞬息时值，将宕延和失误降到最低。哨声一响，选手们如箭离弦，一个个精神抖擞，平稳而快速地接力，团队训练有素，衔尾相随，有条不紊，其势遥遥领先，当接力队员超过半数时，全校师生无不认为该团队稳操胜券，只等裁判宣布这没有悬念的结果了。

不如意事常八九，轮到刘娅接跑了，跑着跑着，运动鞋中的一只鞋跑丢了，她心中一急，弯腰去拔鞋，不仅没能拔上，反而由于惯性作用，身体一偏跌倒在地。但她还是在啦啦队的“加油！加油!”的呐喊声中奋力跃起，趿着鞋跑完了自己的一段。然兵贵神速，分秒之间定胜负，何况这番折腾，于是几近到手的集体冠军毁于一只运动鞋，不少同学扼腕叹息，少数同学开始冲口而出地埋怨刘娅的失误。刘娅痛悔而懊恼，一把将那只运动鞋甩出好远，自己躲到一角痛哭失声。

突然，一个声音在刘娅身后响起，“刘娅，莫哭!”

刘娅扭头一看，一张洒满阳光的脸对她微笑，是张超，那个训练时对同学要求极严，对自己要求更严的张超。

“刘娅，别往心里去，比赛第二、友谊第一嘛，这次纯属意外，下次吸取教训系紧鞋带就是了!”

据刘娅后来回忆，当时张超还说了些什么，她已记不清楚了，但那阳光和善的笑脸，那令人暖透身心的笑容，终身难忘！岁月的潮水再残酷，也无法冲掉那笑容的亮度和温度，还有那一片冰心的透明度！

烈士陵园里，苍松翠柏在无言地肃立，仿佛在为长眠这片红土地的英烈们放哨站岗，又似乎在静静侧耳聆听张超的故事。

那是高中阶段一个期末考试之后，如释重负的同学们相邀到步行街上逛逛，同学们如初笼的小鸟，一路逗逗打打，一路谈谈笑笑，把连日来迎考的压力缓解在笑声里，释放在歌声中。有几名“吃货”边吃糖果边聊天，慷慨地犒赏自己“小”快朵颐！

突然，刘娅她们觉得没听见张超说话声了，他的“哈哈”声是颇有感染力的，这个开心的时刻没有他的哈哈好比炒菜没放盐，真没劲！同学们环顾左右，不见张超，回头一望，只见一名穿着酷似张超的环卫工人正在弯腰拾起谁丢弃在路上的橘子皮和香蕉皮之类。

“瞧，这环卫工跟张超撞衫了，穿的一模一样……”话没说完，刘娅怔住了。那拾起果皮后站起来的小帅哥不正是张超吗？

“张超，幸亏我们吃的是橘子香蕉，要是吃瓜子花生呢，你也一声不吭地捡？”

“吃吧，稍微注意点就是。”张超边说边瞄准又一片橘皮，走过去弯腰拾起。

几位女同学的脸唰地一下子红到了耳根，“你为什么不制止我们呢？”

“看见你们聊得这么开心，不忍心打断你们。放心，等你们聊完了，我肯定会说一说的，哈哈哈哈！”

岳阳有句俗语，“轻说当重打。”还有句俗语是“好鼓不用重槌敲”。同学们被张超的正派善良、宽厚大度深深感染，当时她们也探讨不出张超此举在行为道德方面的意义，只是觉得这个伢子真是白里透红，与众不同！

陈姣记得，张超每次回家探亲，总是抽出时间邀同学们聚会。有一次国庆节后，大家都在微信群里约定下午5时集中。作为初中的班长，陈姣自己也是5时30分后姗姗来迟。原来，准时到的只有一人，就是张超。陈姣问他为什么那么准时，张超说，部队纪律严明，作为防空兵，米秒不差是铁的纪律。

从日常事件显格局，于细微处见精神。同学们说，张超成为英雄事发偶然，但偶然出于必然！即使不出现电传故障，我们的好同学张超依然是顶天立地的大英雄！

初中期间，王虎是张超最要好的朋友，他回忆说，那时候我和张超住在同一方向，一道结伴上学，一道拍着篮球上球场，一道抡起扫帚扫教室。

有一次张超从部队回岳阳休假，火车还在武汉时就兴高采烈地给王虎打电话，王虎也喜出望外，在电话中说他开车到火车站接张超。但是后来单位通知召开紧急会议，接站的事泡汤了。王虎就这样失去了与老同学见面的最后一次机会，如今想见也见不到了。想到自己的失约，王虎心如刀绞，泪水夺眶而出。

昨天，王虎偶然得知张超烈士将于明天回故乡安葬。王虎百感交集，立即在同学的 QQ 群和微信群里发布了这个令人悲喜交加的消息。接到消息的同学们有的从广东韶关千里驱车日夜兼程赶赴岳阳，有的立即从长沙等地直奔岳阳，在本市的同学之间发了微信又打电话，一大早就赶往距主城区十公里外的岳阳烈士陵园。同学们心里都装着一个活生生的英俊少年张超，一个英气勃勃的军中骄子张超，一个哈哈喧天、一清见底的好兄弟张超。这次聚会采取十多年没执行过的点名制，班长陈姣清清嗓子，朗声说道："下面开始点名，请听到名字的同学答应'到'！张超！"

"到！"全体同学异口同声！

烈士陵园内，山鸣谷应，四面青山侧耳，万千草木点头，一齐见证这感天动地的集合点名。

以前聚会"米秒不差"，今天聚会我们全部提前，为的是送你一路走好，为的是我们全班同学从今天起改口叫张胜华伯伯、李四荣伯母为"爸爸""妈妈"！

"这是件大事！"

2016 年 7 月 14 日，岳阳城暑气蒸腾。

走进这苍松翠柏遍布的岳阳陵园，张胜华心情的悲痛是不言而喻的，但是他更多的是感到了一种荣誉，一种力量。

把儿子接回岳阳是他的意愿，部队首长同意了的这位深明大义的父亲的要求。张胜华实在舍不得这精忠报国一身浩然正气的第四个儿子。他也懂得青山处处埋忠骨，何必马革裹尸还的道理，毛泽东的儿子毛岸英原来不也是常眠在朝鲜的3000里江山之上吗？但是张胜华夫妇毕竟年事渐高，30多年前的三次中年丧子已经是锥心之痛，晚年失去这个人中之龙马中之骏的好儿子，更是肝胆俱裂。张胜华夫妇只想晚年时光经常与他们的超儿说说话，听听超儿成天乐呵呵的笑声。再说，就张胜华的住所来说，烈士陵园与他的老家筻口同为古城之南，那是老两口心的方向。

“超儿不属于张家，他属于国家……”张胜华轻声对一直扶着他的三位海军某舰载机部队军官说。

三名军官到湖南出差，专门绕到岳阳看望张胜华夫妇，并坚持要到烈士墓前祭奠张超，于是张胜华就领着他们来到这里。岳阳的夏天热的没商量，他也想来看儿子“住”的地方是不是比城区凉爽一些，超儿的体质好，体质越好越是怕热哟！

他谢绝了三位军人的搀扶，大步流星拾级而上，近了，看得见黑色墓碑上儿子的照片了，儿子似乎也发现了爸爸，欲呼唤一声又喊不出来。老人的双腿一下子沉重起来，三位军官立即赶了上来扶着他，缓缓走到墓前。

一直沉默无语的老父亲置身爱子墓前，看着爱子的遗照，不禁万箭穿心，心灵震颤！如烟往事，此时并不如烟！

他很少动手打过这个完美无缺的儿子，尽管人们常说“不打不成材”，他的超儿不打自成材，而且不是一般的才，是国家栋梁，军中精锐。但是他还是有过两次体罚儿子的记录，张胜华搧儿子的耳光时，用力也不吝啬。那是因为幼小的超儿喜欢玩水，张胜华通过指甲对超儿腿进行检测，发现有玩过水的痕迹，他不能让这个宝贝儿子重蹈其二哥和三哥的覆辙，于是张胜华抬手就是一耳光，他这一耳光是抽给自己的，但是疼痛却让超儿承受了。不，他内心的痛楚更甚于超儿皮肉之痛！

还有一巴掌，是在岳阳游乐场时张超要坐过山车激流探险时打这两巴掌，成了这位父亲胸口永远的痛！

三位海军军官庄严脱帽举起右手，向他们的好战友郑重敬礼！

亲爱的战友，你在这里感到孤独吗？在葫芦岛的营房里你的那幅“提笔安天下，跨马定乾坤”的门联依然贴着，那是你向战友们传递精神动力的引擎。你知道吗，你英勇捐躯后，我们全体“飞鲨”队员为你集体守灵整整七个通宵，就像过去和你在一起彻夜不眠地讨论飞行技术上的问题，畅谈着舰辽宁号的报国梦想。

亲爱的战士，你知道吗？为你送行的那天，久不见雨的辽东半岛突然暴雨如注，呀！那是北方少见的倾盆大雨呀！毛泽东不是有“泪飞顿作倾盆雨”的诗句吗？那是因为你的壮烈牺牲让老天爷也痛心至极，导致苍天垂泪，渤海呜咽哪！

亲爱的战友，安息吧！我们正接过你的操纵杆，梦想着你的梦想，奋斗着你的奋斗，秣马厉兵，苦练精飞，争取早日代替你圆着舰之梦，圆大国航母之梦！

少顷，军官们问烈士的爸爸，“您老人家还有什么需要我们做的？”

张胜华的心情渐渐复归平静，表情依然是波澜不惊，宠辱皆忘。他目不转睛地看着儿子的墓碑，心中却是静水流深：“感谢党给了张超这么高的荣誉，也感谢部队首长无微不至的关怀！张超一心报效国家，从不向组织伸手要这要那。如果我们做父母的违背了他的意愿，他会不高兴的！”

走下山坡，走出陵园，走上汽车时张胜华嗫嚅着想说点什么，但似乎欲言又止。三位军官诚恳地再次询问他有什么需求，老人一反常态地打开了话匣子：“我有一点恳求。刚才你们也看到了，张超的墓碑上，刻的职务和军衔都不准确，他在3月份就已经升职为正营，军衔晋升为少校了，但墓碑上还是副营职，上尉。我们老张家不重钱财重名节，希望组织上的理解，我请求将这墓碑上的字改过来！”

说完这番话，张胜华脸上早已老泪纵横，嗓子也开始哽咽了：“这是件大事，我想再麻烦组织一次。拜托了！”

四面青山侧耳，满园草木点头……

“湖南人民的好儿子！”

2019年9月24日，岳阳城秋高气爽。在这举国上下迎接伟大的中华人民共和国成立70周年的喜气日子里，张胜华和李四荣倍思爱子，他俩将朴实无华的住宅打扫得一尘不染，尤其是那幅儿子身着海魂衫向着他俩，也是向着祖国辽阔海天灿烂微笑的照片一遍遍地轻轻擦拭，一次次地深情抚摸。

“胜华同志！四荣同志！你们好！我们代表省委、省政府和全省人民，专程来看望你们来了！”

并不宽敞的客厅里，一下子热闹起来。时任中共湖南省委书记、省人大常委会主任杜家毫，省委副书记、省长许达哲，省委副书记乌兰，省委常委、省委秘书长张剑飞，刚刚看望了被誉为“杂交水稻之父”袁隆平先生后，专程从长沙赶来，在岳阳市委副书记、市长李爱武，市委常委、市委秘书长谈正红，岳阳楼区委书记陈阁辉，区委副书记、区长黄建文等陪同下，径直前往位于岳阳楼区桃花山社区的这栋朴素民房，一进门就和张胜华、李四荣一一握手，亲切问候。

张胜华招呼着客人们坐下，李四荣双眼噙着泪花，端上热气腾腾的清茶。大家环顾着这个简朴整洁的英雄之家，注视着墙上挂着的全家福照片。乌兰看着照片中不满两岁的小含含，眼中包含慈爱和关切。省、市、区三级负责同志的目光却在与照片上的张超那充满青春活力的目光对视良久，仿佛在进行跨越时空的眼神交流和心灵对话。

杜家毫和许达哲为英雄的父母送上了花篮，感谢他们为党和人民培养了一位优秀的儿子，勉励他们从悲痛中走出来，保重身体。

杜家毫说：“张超是你们的好儿子，也是湖南人民的好儿子。他为祖国的兴军强军事业献出了宝贵的生命，用实际行动诠释了军人的使命。他的先进事迹和献身国防事业的崇高精神，我们要认真学习，大力弘扬。”

张胜华激动不已，谦逊地说：“我们只是尽了一个父亲、母亲应尽的责任，张超也只是尽了一个军人应尽的义务。”

许达哲表示：“袁隆平和张超，是 7800 万湖南人民的骄傲！全省广大党员、干部要以他们为榜样，爱祖国、爱军队、爱人民、爱事业，敢于挑战，乐于奉献，忠于职守，敢于担当，积极投身新时代中国特色社会主义伟大实践，把烈士的家乡建设好，让英雄的理想之花开遍三湘，让张超的青春之歌唱彻四水。”

乌兰说：“小孙女真可爱，她叫什么名字?”

“张尚明珠，小名含含。”张胜华答。

“哦！真好！张尚明珠，掌上明珠。含含，含在口里怕化了的含吧！含饴弄孙也是这个含。她现在在哪里?”

“跟着她妈妈在北京。很乖的，上幼儿园了。每天晚上视频通话，‘爷爷’‘奶奶’叫得好甜呢!”

得知张胜华夫妇的儿媳在北京工作，孙子也不在岳阳，杜家毫等一再嘱咐岳阳市的同志要切实关心两位老人的生活，帮助他们解决困难，让他俩安享晚年。

“谢谢领导们关心，我们生活上没有什么困难，千万别给组织上添麻烦!”张胜华的言语、胸襟，和这套普通的民宅一样简单、朴实。

故乡百里起春风

张超被颁授“人民英雄”国家荣誉称号的消息，如春风吹遍岳阳城乡。

2019 年 9 月 29 日上午 10 时，位于岳阳市岳阳楼区桃花山社区的张超父母家里，挤满了街坊邻居。大家兴奋地围坐在电视机前，目不转睛地观看中华人民共和国勋章和国家荣誉称号颁发仪式的现场直播。现如今家家都有电视机，但不少乡亲们还是济济一堂地齐聚张家，为英雄的父母送上衷心的祝贺，同时也在第一时间分享张超获得的至高荣誉和无上光荣。

“党和人民没有忘记你，国家没有忘记你！”张胜华一边擦去盈眶的热泪，一边对着挂在正面墙上的张超照片说：“儿子，值了！”

当央视现场直播中传来张超获“人民英雄”国家荣誉称号时，大家一齐站起来长时间地鼓掌，为英雄的父母表示祝贺。

张胜华此时忙得双手顾不上擦拭喜悦泪花，与他一样繁忙的是他手中的手机，一会儿要抓拍电视上的珍贵镜头，一会儿又要处理快要响爆的信息和微信提示声。打开微信，是来自四面八方的朋友们的祝贺信息，那一支支鲜红的玫瑰，一朵朵艳丽的牡丹、月季，将他的手机屏幕装点得姹紫嫣红。张超的战友朱俊梯发的短信是：“张爸爸，张超获得至高无上的荣誉实至名归，他甘洒热血的军人精神永远引领我们前进……”

其实，在同一时间内，岳阳城处处可见集体收看央视现场直播的场景，场场都呈现“英雄家乡赞英雄”的感人画面。

岳阳楼区人民武装部，全体官兵集体收看国家勋章和国家荣誉称号颁发仪式盛况，集体脱帽为人民英雄张超表示祝贺和敬仰。区武装部部长彭飞深知这项荣誉沉甸甸的份量，他说：“张超用生命谱写了新时代的英雄赞歌，用生命诠释了‘不忘初心，牢记使命’的丰富内涵。我们在张超的故乡服役从军，是光荣的，幸运的。我们要向张超同志学习，就是要把岗位当战位，把任务当使命，做党和人民的忠诚子弟兵。”

岳阳楼区三眼桥街道办事处机关，今天也和过节一样喜气洋洋。集中收看央视现场直播后，街道办事处党委书记周上清看到同志们心潮澎湃，干脆因势利导，组织大家继续坐下来，进行了一场学习人民英雄，牢记初心使命的讨论。

“张超的家就在我们社区，张超是我们这里长大的。我们在人民英雄出发的起点工作，是光荣的，是幸福的，也是应该更有使命感的。这片土地上出了位人民英雄，同志们，新中国成立 70 周年了，党和国家授予人民英雄称号的只有 4 位，了不得呀！我们在人民英雄的家乡工作，我周上清要是不把工作搞好，我是一对不起党和国家，二对不起人民，三对不起英雄啊！”

桃花山社区沸腾了，几乎家家都在收看电视，人人都在热议张超。和张胜华常常交流的居民刘波岚说：“我们的幸福生活是怎么来的？是千千万万像张超这样的英雄流血牺牲，英勇奋斗换来的。英雄远去，精神不朽，我们会永远怀念他们！”

沸腾的岂止是一个桃花山社区，张超出生地岳阳县筻口镇，今天也像过节一样喜气洋洋。岳阳市乃至三湘四水，都在涌动着一股巨大的暖流。

“在长沙、在郴州、在湘西，在电话交流里，在微信朋友圈，到处都可见这样的议论：我们湖南既有获得共和国勋章的袁隆平，又有获得人民英雄称号的张超。42 个光辉的名字，湖南占了两个，光荣啊！”

“是啊，全军 10 名挂像英雄，湖南也占了 2 个，雷锋和张超，真是无湘不成军啊！”

“比分享张超的荣誉更重要的，是学习张超报国强军的事迹和乐于奉献敢于牺牲的精神。”

母校以你为荣

在人民英雄的母校——岳阳市第七中学的校园里一片沸腾。张超被颁授“人民英雄”国家荣誉称号的喜讯如春风吹遍校园，张超的授课老师张随生、王亮等聚集一堂，一个个喜泪盈眶。张老师想起了张超那次回岳阳探亲时第一时间来母校看望他的情景，当自己从教室走回宿舍，只见一名英气勃勃的年轻军官用手端着军帽恭立在他的宿舍门口，一声“张老师您好!”一个标准的军礼，使这位在三尺讲台默默耕耘了30多年的老园丁心头发热，鼻子发酸。“张超，是你?来了多久了?”“不久，嘿嘿！才两节课时间。”“站了两节课？军装着被汗水浸湿了，为什么不到教室找我?”“嘿嘿!怕影响学弟学妹的听课呀!”从此，张超手端军帽“张”门立“雪”的形象，一直像一尊挺拔伟岸的青春雕像，耸立在张老师心中。张超英勇牺牲后，张随生老师的潜意识坚信这个阳光帅气的学生没有走，还在巴陵橡胶厂的筒子楼里听他的课外辅导，还在默默地站在他的宿舍门口，手端军帽等他下课……

王亮老师此刻在脑际回放起了电影，那是一组精彩镜头组成的“抖音”，张超是他培养的招飞考试中最令他骄傲的学生，夏练三伏，冬练三九，在他的指导下，张超用绑着沙袋的腿走过了严冬酷暑，跨过了一道道难关，走向了军营，飞向了蓝天。

王亮目不转睛地盯着电视银屏，饶有兴致地欣赏着那金辉熠熠国家荣誉称号奖章。作为曾经的军人，他见过多种材质和造型的奖章，他觉得这次颁授的荣誉是空前的，奖章的美感和庄严感也是空前的。他心里在默默地为他的学生祝贺，张超，你从十二三岁起就开始追逐飞天梦，矢志不渝，坚守初心，生死无悔，履行使命。你驾的每一个型号的飞机上，都洒下了你的心血汗水，老师关注你的每一次进步，分享你的每一次跨越的欢欣。老师以你为荣，母校以你为荣！

岳阳市七中以张超为标杆育人，丰富多彩的“缅怀人民英雄”主题活动蓬勃展开。学校党总支书记吴敏华相信，张超的英雄事迹，将深刻地影响岳阳市七中一届又一届的学生，让他们像张超一样志存高远，脚踏实地，弘扬爱国情怀，为祖国贡献青春芳华。

校长刘岳勇一方面组织全校师生开展学习人民英雄张超的活动，一方面亲自提笔与另一位朋友一气呵成地合作写下一首激情奔泻荡气回肠的朗诵诗，由本校师生编排为音诗画《逐梦海天》，每场演出总是激起阵阵掌声和行行热泪，在湖南省教育厅组织的大型晚会上，《逐梦海天》以真实动人的英雄事迹、气壮山河的英雄气概，在观众席激起高潮迭起般的掌声。

三百字雄文滚滚烫烫，
铸就你心忧天下的时代担当。
八百里洞庭浩浩汤汤，
那是你心忧天上的慷慨激昂！

沙袋绑在你稚嫩的腿上，
为梦想积蓄洪荒的力量！
岳阳市七中是你飞天的起点，
跑道连着长空和海疆。

你是洞庭湖上的雄鹰，
翩然舞动青春的翅膀。
一飞冲天是你的渴望，
湖湘之子志在远方！
…………
你走了，就像你匆匆地来，
没来得及向白发爹娘说声再见。
你走了，就像你毅然北上，
没来得及留给娇妻爱女一丝笑颜。
你走了，万里长空顿作倾盆大雨，
你走了，你的战友仍在代你搏击长天。

你没有走，
你的笑声仍在海上盘旋。
你没有走，
你的身影仍在队列中间！
你从渤海起飞，
天边涌来彩霞一片。
你从湖湘走过，

故乡捧出鲜花满山!

你还在飞,
带着初心,带着信念。
你还在飞,
飞向航母,飞向深蓝。
你还在飞,
人民英雄,逐梦海天!

就是这首诗,激起岳阳市七中莘莘学子心潮澎湃,壮怀激烈!学校德智体教育全面发展,师生的精气神焕然一新。

悲壮转化为崇高美

2020 年 1 月中旬,在岳阳市的一次高规格的文艺演出中,市文旅广局局长费荣新和市巴陵戏艺术传承研究院院长魏传宝选定了朗诵诗《逐梦海天》作为主要节目,但是在审查节目时有的同志认为时近春节,按传统习俗,过年是不宜表演内容过于悲惨、悲壮的节目的,主张将这个节目取消。中共岳阳市委常委、市委宣传部部长马娜坚定地说:“张超是几次受习近平总书记表扬的强军先锋,这次还获得了“人民英雄”的国家荣誉称号,他是我们岳阳的骄傲。宣传好张超的事迹和精神,是我们的职责和使命!悲壮可以转化为一种最高形态的美,那就是崇高美!传播真善美,弘扬正能量,我们要理直气壮,毫不犹豫!朗诵诗《逐梦海天》演,而且是重点节目,就这么定了!”

正式演出时，演员慷慨激昂的朗诵，张超感人肺腑的事迹，使观众无不感到心灵震撼和灵魂的洗涤！

市委书记的缅怀

2020 年 1 月 19 日上午，寒风凛冽，位于岳阳市南郊的市烈士陵园青松肃立，松柏含情。中共岳阳市委书记及市领导谈正红、唐文发一道走进烈士陵园，拾级而上，缓步来到张超烈士墓前，向烈士敬献鲜花，并鞠躬致敬。然后，王一鸥一字一句地默读碑文。

这一刻是那么肃静，满山的苍松翠柏如列队的士兵听到了口令，对着烈士墓碑，频频鞠躬。

“真英俊呀！”王一鸥看着墓碑上张超年轻帅气的遗像，感慨不已。“才 29 岁，正是青春勃发，建功立业的好年华呀！张超为我国强军事业发展贡献了宝贵的生命，用实际行动诠释了军人使命，是岳阳的骄傲，为我们留下了宝贵的精神财富。岳阳的党员干部要带头学习张超，我们要弘扬好传承好张超烈士追求真理、献身国防事业的崇高精神，为岳阳经济社会发展汲取强大的精神力量。”

这一天，是王一鸥从湖南省自然资源厅党组书记、厅长任上调任中共岳阳市委书记、市人大常委会主任的第 22 天。作为新任市委书记，又正值年头岁尾，案头摆着多少待办的公文和待阅的信件，4 县 2 市 3 区多少情况需要了解，社会各界有多少人士要接触，但是这位胸有全局心有情怀的市委书记，一面废寝忘餐地下基层奔走调研，一面专门安排时间祭奠张超烈士，用行为语言表达对人民英雄的深切缅怀和崇高敬意。

由于张超烈士壮烈牺牲事发突然，岳阳方面没来得及做好安葬烈士的充分准备，致使不少前来祭奠张超烈士的市民普遍认为墓地太小，无法适应单位集体祭奠、大中小学班级集体扫墓的需求，希望陵园重新布局，将张超烈士墓地适当扩大。

市委书记和市民想到了一起。早在 2016 年 6 月 29 日，中共中央总书记、国家主席、中央军委主席习近平就作出过批示，要求把张超烈士的先进事迹总结好，宣传好。张超家乡更要落实好总书记的批示精神。一个既符合时代需求，又顺应市民意愿的设想，也许就在 2020 年 1 月 19 日这个寒风阵阵而又春意融融的日子萌发了。

距王一鸥首次祭奠张超英灵后的 431 天，2021 年的 3 月 26 日上午，张超烈士纪念园落成揭幕仪式在岳阳市烈士陵园举行。

431 天，立项、设计、建设、凝聚着湖南省委省政府、岳阳市委市政府领导和张超所在部队首长多少心血？凝聚着市烈士陵园管理和建设人员多少汗水？然而，每一位参与决策与施工者，都具有同样的使命感和责任心。

3 月的岳阳，正是莺飞草长，万物争荣的季节，岳阳市烈士陵园春风浩荡、万紫千红。张超烈士纪念园座落在陵园东北角相对独立的一座小山丘上。状如一艘宽大航母甲板的小广场上，岳阳市委书记王一鸥和湖南省退役军人事务厅党组书记、厅长唐勇，一起为张超烈士铜像揭幕。

简朴的开园式没有惊天动地的礼炮，然而英雄的精神震撼着在场每个人的心灵。随着红绸的飘落，张超烈士雄姿英发地出现在这蓝天丽日之下，四周青山之中，他目光如炬，似乎正傲视海天，步态矫健，仿佛正要奔向战位，飞向深蓝。感谢决策者的担当，感谢设计者的睿智。张超生前最灿烂的憧憬就是起降辽宁号的甲板，因为那是祖国领土的延伸，因为那里有报国强军的最美风景！今天，家乡的亲人为英雄圆了着舰梦，我们的人民英雄终于屹立在“航母的甲板”上。

在张超烈士纪念园开园现场，中国人民解放军某部政治部主任于海波介绍了张超烈士生平事迹。岳阳市委书记王一鸥作了饱含深情的讲话，他代表市委、市政府向张超烈士表示深切怀念和崇高敬意，向烈士父母和家属表示亲切慰问。他说：“张超爱党报国，矢志强军的坚定信念，苦练打赢、争创一流的责任担当，英勇无畏、不怕牺牲的战斗精神，坚守崇高、向上向善的优秀品质，永远值得我们纪念和学习。”

张超，故乡为你自豪

生当作人杰、死亦为鬼雄！

人生自古谁无死，留取丹心照汗青。

李清照的呐喊和文天祥的喟叹，表明中华民族自古推崇的舍身报国彪炳千秋的家国情怀和价值取向。

张超就是这种为国家利益、民族大义向死而生的英雄。张超故乡的父老乡亲无不以张超为荣，中共岳阳市委宣传部自 2016 年以来，利用多种形式开始“英雄故乡学英雄”系列活动，让英雄的故事进机关进校园进军营进城乡进家庭，让张超逐梦海天报国强军的爱国主义精神入耳入脑入心！

2018 年 4 月 27 日是张超牺牲两周年纪念日，中共岳阳市委宣传部、市教育体育局在岳阳市七中举行隆重集会纪念张超。学习张超、做新时代张超式的奋斗者，成为与会者的共识，会上演出的岳阳人自创自演的歌颂张超报国强军精神的歌曲和诗歌，激起参会人员和全校师生强烈共鸣。

《逐梦海天》播强音

距岳阳市七中纪念活动仅一天，岳阳军分区小礼堂里，百多名部队官兵和各界人士集体聆听反映张超烈士英雄事迹的广播剧《逐梦海天》。

这是一个供军分区官兵平时观看电影和军事技术视频的所在，银幕上张超驾机翱翔海天的照片英俊威武，一百多位观众此刻虽然感受不到蒙太奇的视觉冲击，但仅凭听觉足可以激起心海的壮阔波澜。广播剧，顾名思义，这是一种以声音为手段叙述故事，展示人物之间的冲突和内心冲突，渲染特定的环境气氛的，表达一定思想主题的戏剧类艺术形式，《逐梦海天》向听众讲述了张超从出生到少年壮志青年成才矢志报国强军的故事，全剧充溢着爱国主义精神和英雄主义气概，人物亲切可信，情节跌宕有致，尤其是张超突遇空中故障时舍弃生还最佳时机，全力抢救国家财产的高光时刻，全场军民激动得从座位上纷纷立起，听着惊心动魄感人肺腑的演播，感受着悲壮崇高的大美，接受着灵魂的洗礼和涤荡。

在前排就座者中，有一位特殊听众，他就是张超的父亲张胜华。这一个多小时的听赏，对这位英雄的父亲来说，可以说是一种残酷的精神折磨，但是张胜华对儿子的追求和奉献是完全认同的，是倾心支持的。鲁迅先生有诗“无情未必真豪杰，怜子如何不丈夫?”张胜华和天下所有父亲一样深爱着儿子，然而他也和儿子一样深爱着这个国家，深爱着这个民族！站在这个站位上重温包括自己在内的英雄故事，这位入党多年的共产党员坚强着儿子的坚强，激动着儿子的激动，尽管广播剧结束早已泪洒衣襟，但仍然和大家一同站起来，一道长时间鼓掌。

人们对英雄的父亲的坚强和豁达又一次报以热烈而持续的掌声。

广播剧《逐梦海天》由马娜创意策划，陈阁辉、黄建文监制，许卫国、王智勇组织生产制作，编剧段华、罗筱波。担负演播的演员全为湖南省话剧院优秀演员。国家一级演员王峰推却了几处邀请演出，为广播剧《逐梦海天》演播画外音的担纲，青年导演傅忠良倾注全部热情投入该剧创作。在演播现场，饰演张超妻子张亚的演员、岳阳姑娘刘佳几次因进入角色过深而失控痛哭，只能稍事休整后重新演播。当录制到最后，战友们齐声呼喊：“飞向深蓝，飞向浩瀚，报国强军，逐梦海天”时，演播厅内外演职人员热血沸腾，集体泪奔。饰演张超的优秀青年演员杨阿龙说，“演过那么多青春偶像剧，都觉得人物飘飘若幻，这次演的张超有信仰有情怀有人性光辉，这才是当之无愧的青春偶像!”

广播剧《逐梦海天》正式播出后，在听众中激起强烈反响。不少听众自发地将该剧录音在网络上转发，无数网友、微友纷纷留言点赞：

“我是一名贵州人，无意中从微信里听到这个广播剧，张超将29岁的青春献给祖国，献给航母事业，我们活着的人还有什么理由不努力工作，还有什么理由去患得患失呢?”

“我是岳阳人，比张超小一岁。超哥，没说的！你就是我的标杆。我虽然不会开飞机，但是我会开汽车！把的士开好，为乘客服务、为英雄的家乡岳阳争光，超哥，看我的!”

“惊天一响放心去，我们都是接力人！张超的爸爸，张超走了，您还有儿子，我们都是您的儿子!”

“广播剧主题突出，人物鲜活，尤其是张超，既是一条报国强军的铁血硬汉，又是一名爱妻子爱女儿爱父老乡亲的贴心暖男，听这个广播剧，接受灵魂洗礼，比看那些萌宠甜剧强得多!”

……

随即，中共岳阳市委宣传部和岳阳军分区联合主办的学习英雄张超和广播剧《逐梦海天》座谈会正式举行。

“张超是岳阳人民的好儿子，是忠诚践行强军目标的时代楷模。岳阳市委宣传部和岳阳楼区委区政府精心策划，组织生产这样高扬时代主旋律的作品，体现了英雄故乡的责任担当。”

来自岳阳楼区桃花山社区，岳阳市七中的代表和有关专家学者对广播剧中英雄人物的塑造、时代精神的表现等予以了高度评价。文艺评论家余三定、杨厚均，国家一级作家黄军建认为：广播剧《逐梦海天》故事真实情感真挚，张超的形象既平凡又伟大，全剧生活气息浓郁，军人的血性胆气也很逼真。全剧是一首感人肺腑催人泪下促人奋进的奋斗之歌，青春之歌、强军之歌！

中共岳阳市委常委、宣传部部长马娜对张超的父亲张胜华表示亲切的问候，对广播剧的思想取向与艺术质量进行了高度评价，她说："全市要进一步深入开展学习英雄张超的活动，要始终铭记英雄人物，形成崇尚英雄的良好氛围，加大宣传力度，构建铭记英雄、崇尚英雄、学习英雄、关爱英雄的良好环境；要以精品力作歌颂英雄事迹，用明德引领社会风尚；要立足继承英雄精神，在干事创业中奋勇前行，以改革开放发展的更大成就缅怀先烈，告慰英雄，书写新时代的新华章。"

市委常委、岳阳军分区司令员吴晓波大校在发言之前郑重地立起向英雄张超的父亲张胜华敬了一个军礼。他说："逐梦海天的强军先锋张超是全军的学习楷模，是当代军人的标杆，张超也是岳阳的骄傲！我们岳阳军分区将继续深入开展学习张超精神，牢记使命担当，为兴军强军而奋力拼搏，为英雄故乡增光添彩！"

广播剧《逐梦海天》受到当代大学生的热烈追捧。在湖南理工学院汉语言文学院播出时，有些同学对此类主旋律题材的作品似乎兴趣不浓，教室里并无听广播剧所要求的鸦雀无声的环境气氛，看微信，赏抖音的大有人才。但随着剧情的推进，同学们不约而同地放下手机，侧耳倾听，渐渐地开始为张超的前途命运而牵肠挂肚，为张超的超强付出直至临危不惧向死而生的英雄气概所深深折服。对英雄的纯洁浪漫的婚恋之路也表现出关注羡慕和由衷的赞赏。

2019年，由中共湖南省委宣传部主办的湖南省精神文明建设五个一工程奖评选中，由中共岳阳市委宣传部、岳阳楼区委区政府出品的广播剧《逐梦海天》在选送作品激烈角逐中稳健胜出光荣获奖。

谢清风携书送清风

2020年10月22日上午，秋高气爽。十时许，突然一阵淅淅沥沥的秋雨，给岳阳市七中校园平添了缕缕情思。

是的，秋雨勾起了全校师生对人民英雄张超的缅怀和追念。正是此刻，市七中礼堂正在举行岳阳市大中小学生“我和我的祖国”主题读书教育活动启动式。活动旨在以书为媒，学习人民英雄，深入爱国主义教育，打造“书香岳阳、英雄家乡”城市阅读名片。

岳阳市政府副市长李为说，本次活动的主题是“英雄家乡学英雄，培养担当民族复兴大任的时代新人。”

“英雄是人民最坚定的依靠，英雄是民族最闪亮的坐标……”来自各校的千名大中小学生在张超的母校一齐举手宣读《崇尚英雄缅怀先烈》誓词，铿锵的声音稚嫩中透着坚定，孩子们希望自己的誓言能穿透阻隔，让人民英雄张超听见，他们想告诉他们的青春偶像，我们一定以你为榜样，心忧天下，心忧天上！接过你手中的操纵杆，像你那样勤学苦练，报国为民！

湖南人民出版社社长谢清风给岳阳市七中带来一份厚

礼——600册带着油墨清香的《逐梦海天的强军先锋张超》。

出版湘军在全国出版界享有盛誉。遵循习近平总书记关于“一定要把张超同志的先进事迹总结好，宣传好”的要求，中共湖南省委宣传部、湖南人民出版社立即组织创作和出版反映张超英雄事迹的作品，并将其纳入大型红色丛书《湖湘英雄故事丛书》，在新中国70年华诞前夕出版，受到三湘读者尤其是岳阳读者的热烈欢迎。

谢清风携书送清风，英雄母校率先学英雄。谢社长的致辞激情澎湃：“张超是岳阳市七中的骄傲，也是三湘四水的荣耀！广大学生应该像人民英雄张超那样，保持对知识的渴望和追求，厚植红色基因和爱国意识，今后像张超一样扛起中华民族伟大复兴的时代使命与担当！”

礼堂门口，是岳阳市新华书店摆设的售书展台，各种图书琳琅满目，展台前的师生却都对那本《逐梦海天的强军先锋张超》情有独钟，翻阅的、购买的踊跃而拥挤，一名女生终于排队抢购一本后，迫不及待地翻开，声情并茂地朗诵起来。

“张超为了什么，我就为了什么！”

2019年1月的一天下午，料峭的寒风往人们的脖子里钻，岳阳市花板桥步步高广场上，一台由市区文艺志愿者自编自导自演的综艺节目正在进行。零星的小雨也不期而至，数百人站在寒风中抖索，但没有一位观众想到避风躲雨，全部凝神静气有时甚至屏住呼吸观看台上演员的一招一式，倾听麦克风里的一字一句。

挺进深蓝，挺进大洋，
中国航母，逆风起航！
刀尖舞者，雄心万丈，
报国强军，情满机舱。

银鹰划过辽东湾的旷远，
完美弧线定格蔚蓝。
梦想开花的声音已经听见，
圆梦着舰近在眼前！

嘭嘭！一阵惊天动地的嘶喊，
战机如狂兽昂首向天！
你猛推操纵杆保护战机，
你初心不忘稳如泰山！
……

激情涌处，声遏行云。情到深处，集体泪奔。

这个配乐诗朗诵的表演团队，由国家一级播音员戴丽萍、任叶红和个体私营企业老板、民间歌手、自媒体创办人葛子奎组成。在岳阳市百姓追梦大舞台总导演、形体梳理导师魏诗琪的倡导下，一个自愿宣传张超英雄事迹的民间团队，就冒着严寒走上街头，通过诗歌朗诵等形式，自发宣传张超的英雄壮举，用慷慨奔放抑扬顿挫去传播正能量，用张超式的奉献精神，用自带干粮的方式去唱响正气歌。

这台迎着“北风吹”的演出，是由岳阳市知名文化志愿者组织——岳阳百姓追梦大舞台主办，这是一支没有财政支持没有经济支撑的民间“乌兰牧骑”，负责人魏诗琪曾遍访名师四海求学，以其顽强坚韧的拼搏精神和走火入魔式的敬业精神，创建百姓追梦大舞台，以弘扬正能量，唱响主旋律为己任，组织近百场文艺志愿者演出，她所主办的百姓追梦大舞台被省市媒体誉为不铺红地毯的星光大道，自带干粮的乌兰牧骑。

今天演出的配乐诗朗诵《逐梦海天》，就是魏诗琪与戴丽萍、任叶红、葛子奎精心排练的重点节目。演出现场，寒风中的观众被感人肺腑的朗诵感染得热血沸腾，观众席的掌声经久不息，弄得原来设定的背景音乐早已放完，而朗诵还远未结束。这是因为观众才不管你的配乐设定时值的长短，心情激动就鼓掌，十分激动还可勉强套上配乐，但十二分激动就出现误差，当万分激动时，不把手掌拍红不撒手，这才形成后面八句只能“清诵”。然而没有配乐半点也没有影响朗诵艺术的现场效果。当朗诵到结束句“中国航母，挺进深蓝，报国强军，逐梦海天”时，坐着的观众一齐站起来鼓掌，一股富国强兵的浩然正气在广场上奔泻，在人们胸间涌流！

就是这支艺苑劲旅百姓追梦大舞台，还在东茅岭社区举办过“张超事迹诗歌朗诵会”，戴丽萍、向琳、余静、吴个金、荣鲤、江南、易迎春、张仲琪等岳阳朗诵界颇有影响的文艺志愿者纷纷加盟，湖南人民出版社出版的《逐梦海天的强军先锋张超》，成为朗诵作品的主要内容。这台朗诵会原计划一个小时，但足足延长一个小时。现场一位顾爷爷噙着热泪对魏诗琪导演说：“感谢你们弘扬了正气，宣传了爱国主义。下一次演出在哪里，我把儿子孙子都带来，让他们晓得，张超就是我们岳阳的。”

有人问魏诗琪，你那么着迷上瘾地宣传张超，一无人给你的演出发补贴，二没人给你发奖状，你为了什么？

魏诗琪不加思索地回答：“张超把生命都不要了，他为了什么？他为了什么我就为了什么！”

尾声　他还在飞

人的一生，总要作出多种选择。

每个人都有可能面对突如其来的4.4秒！而作出的选择肯定不同。

4.4秒，是最精确的核磁共振检测仪，它能洞察人的肺腑，透视人的灵魂。

张超在这惊心动魄的4.4秒，做出了为国家尽力挽救战机的选择。

在很多人的心目中，也许张超的选择都是逆向的，在报考大学时，他的文化成绩是可以上重点本科，他品学兼优，自然前程似锦。但是他却逆常规思维而动，毫不犹豫携笔从戎，志在蓝天。

大学毕业，培训结束，优越而安全的岗位向他微笑，他却义无反顾地选择南海一线航空作战部队，在常人看来，这是第二次逆风起飞。

“飞鲨”招手，航母呼唤，张超在面临晋级提拔的关键时刻，果断选择去当“刀尖上舞者”，冒着比战斗机飞行员大20倍、比航天员还大5倍的风险，毅然决然加入“飞鲨”

战队。

什么是飞鲨战队？让我们来听听时任中国海军舰载机航空兵部队部队长、航母战斗机试飞员、中国飞鲨第一人，现为南部战区海军航空兵副司令员、海军少将戴明盟的权威解释：“海上超低飞行，是歼—15飞机技术训练中的难点，在离海平面不到30米的高度，以时速800公里的高速飞行，风险很大，但隐蔽突防能力极强，犹如嗜血的飞鲨腾浪而起，给敌人致命一击。”

也就是说，舰载机飞行员是国家重器航空母舰上配备的最精锐的军事力量，是最能体现我泱泱中华军事实力的空中利刃，海上“飞鲨”！

在一些人看来，张超又一次选择逆风起飞，这个空中最美逆行者为什么不选择“顺风顺水”？因为总有个别逆历史潮流而动的超级大国对我海空虎视眈眈，国家和人民需要一批置生死于度外的血性勇士叱咤风云逐梦海天。

张超如雄鹰折翅，倒在了离梦想近在咫尺的水泥地上，但是他的心却还在翱翔九天！医生宣布了噩耗，他却用忠诚神勇宣布了永生！

是的，张超用健硕的手臂将操纵杆推向了他人生的最高海拔，他的伟岸躯体已慷慨地捐给了伟大的祖国和壮丽的事业。然而，他的不朽灵魂仍然在驾着“飞鲨”在渤海南海东海黄海潇洒地飞翔，那是一种凤凰涅槃式的飞翔，阵阵长风是他的笑声，滚滚霹雳是他的怒吼，云中闪电是他发给朋友圈的“快闪”，海上惊涛是他转发微信群的“抖音”。辽宁号的汽笛在为他助威，渤海湾的海浪在为他鼓掌，海南岛的椰树在向他招手，南沅村的公路在向他舞袖，琵琶王立交桥这把巨大的琵琶，终日依傍着他的母校，铿铿锵锵悠悠长长地弹奏这位人民英雄最爱唱的军旅歌曲《我爱祖国的蓝天》，颂扬着他定格在29岁的不朽青春！